음악처럼

음악처럼

임 미 옥 첫 수 필 집

정출판

서문

느지막이 글 밭 농장으로 나갔다. 여덟 시부터 나와 일하는 이도 있고, 열 시에 온 이도 있고, 심지어 정오에 나온 이도 있었다. 신기한 건 너그러운 농장주가 몇 시에 나오든지 받아준다는 거다. 늦게 오나 일찍 오나 한 달란트 주는 것이 내 뜻이라면서 품값을 주니 특혜를 받은 것만 같다.

글이 뭔지도 모르고 어렸을 적부터 쓰는 것이 좋아 썼을 뿐, 겨우 내 글이 보이기 시작하는 사람이다. 그럼에도 불구하고 이 책을 내놓게 됨은 위의 성경 예화처럼 늦게 나온 사람도 용납해주는 하나님 은혜이다.

'하필이면 능력 없는 부모의 늦둥이로 태어났을까…. 하필이면 부자인 형제가 한 명도 없을까….' 부끄러운 자괴감에 빠진 적도 있었지만, 그 하필이면이 주는 이중적 의미가 글을 쓰는 기저이기도 했다.

귀를 기울이면 세상은 온통 음악이다. 산에도 강에도 바다에도 사람과 사람 사이에도, 일정하게 존재하는 음악이 있다. 음악처럼 살려고 노력한다. 생활반경과 경험이 단조롭다 보니 대부분의 글들이 나 자신이다. 그러나 첫아이를 얻은 것처럼 소중한 첫 수필집이다.

외로워서 자연과 대화했고, 아팠기에 별을 동경하였고, 무지개를 잡는 꿈을 더욱 놓을 수 없었다. 이 찬란한 글밭 세상을 누릴 수 있다는 것을 고마워하며 그저 한 곡의 음악을 듣는 것처럼 독자들에게 읽혀지기를 기도할 뿐이다.

창문을 연다. 오색 네온사인 불빛이 은하수처럼 다리를 놓았다. 가을이다. 가을이 오면 나는 무엇을 할까. 또 하나의 꿈을 찾아 유랑을 떠나야지….

또 하나의 열매를 바라보며….

2015년 12월
해 저문 창가에서

● 차 례

● 차 례

삶은
음악처럼…

음악이 흐르면 저절로 감정이 출렁거린다.
조용히 음악에 몸을 맡겨보시라.

엇박자 노래

제20회 동양일보 신인문학상 당선작

따당~땅, 따당~땅, 왼손으로는 건반을 타건하며 오른손은 해머로 조율 핀을 조여 간다. 혼을 모아 공중에 흩어지는 맥놀이들을 잡아 동음시킨 뒤, 현들을 표준음에 맞춘다. 엇박자로 두들겨 생기는 맥놀이들이 기억 저편서 들려오는 아련한 노래 소리들과 겹쳐진다. 들린다…. 그리운 가락들이 들려온다. 아! 오래전에 돌아가신 어머니가 부르시던 엇박자 가락들이다.

비가 오거나 눈이 오거나 몸이 아파 어머니가 몹시 그리운 날은 더욱 선명하게 들리던 소리들이다. 영혼 깊은 곳에서 울려나오는 그윽하고 정겨운 가락들, 끊어질 듯 말 듯 이어지던 소리들…. 사무치는 그리움으로 조율하던 손을 멈추고, 어머니 손바닥처럼 뻣뻣하고 거칠거칠한 현들을 쓰다듬었다.

현이 파르르 떤다. 두들겨 맞고 또 맞아서 건들기만 해도 우는 피아노현, 이리저리 뒤엉킨 어머니 심사처럼 운다. 제각각 다른 소리로 아우성치며 진동하는 현들을 달래가면서 조율한

13

다. 존재한다는 건 맞고 조이는 고통인 거라고 어른다. 세상과
불협화음으로 밖으로 도시던 아버지, 윙윙 우는 현처럼 터지는
울음을 속으로 삭이며 기다리고 기다리던 공명共鳴의 세월, 어머
니의 시간들은 엇박자 세월이었다.

어머닌 새벽마다 성글은 무릎 뼈에 가만히 스며든 통증을 끌
어안고 꼭꼭 주무르셨다. 잘바~닥, 잘바~닥, 아픈 다리를 끌고
일어나 집안일을 하며 새벽을 여는 어머니 걸음걸이 소리, 엇박
자 그 소리에 가슴이 뻐근하다. 좋은 의술 한번 못 써보고 엇박
자로 걸으셨던 어머니…. 철없던 나는 얼른 일어나 일을 도와드
리지 못하고 그 소리가 듣기 싫어서 이불을 뒤집어쓰곤 했다.

어릴 적에 고동색 담쟁이 바구니를 들고 밭에 가시는 어머니
를 따라갈 때면 후르~쫑 후르~쫑 이 산 저 산서 새들이 울어
댔다. 어머니는 노래를 부르며 뽕잎을 따셨고, 나는 입언저리
가 거무스름하도록 오디를 따 먹었다. 새들 노래도 어머니가 부
르는 노래도 모두 엇박자였다. 어머니 마음을 담아 표현했던 가
락에 어린 나의 장래를 축복하는 가사를 실어 부르실 때는 마치
성수가 머리에 뿌려지는 듯했었다.

어머니의 삶은 온통 엇박자였다. 배고픈 이를 먹여주고 재워

주면 이튿날 쓸 만한 물건을 가지고 사라졌고 푼푼이 모은 곗돈은 계주에게 뜯겼으며, 선의를 베푼 이에겐 사기를 당했다. 한 박자 늦게 세상을 따라가면서도 불쌍한 사람들을 거두는 어머니가 야속했다. 어머니는 사람을 원망하는 대신 자식들의 복을 빌면서 기다림의 소망을 엇박자 가락에 노래로 싣곤 하셨다.

열일곱 살에 시집오셔서 육남매를 낳아 기르신 어머닌, 외할머니가 그리우면 노래를 부르셨다고 했다. 어머니 노래 소리들은 어디서 그렇게 끊임없이 흘러나오던지, 서로 합쳐졌다 다시 흘러가는 강줄기 같았다. 밭맬 때에 노래 부르면서 일하면 여름날 길고 긴 밭고랑이 어느새 지나더라고 말씀하시기도 했다. 장에 가신 아버지가 들어오시지 않는 날도 아이를 업고 노래를 부르셨단다.

어머닌 노래로 마음을 다스리는 묘리를 터득하셨나 보다.

어머니는 악보를 모르셨다. 콩나물처럼 생긴 음표 꼬리 옆에 점을 찍었느냐 안 찍었느냐에 따라 음길이가 변한다는 이론 같은 건 모르셨다. 그것이 오선의 줄에 있는지 칸에 있는지에 따라 음의 높낮이가 달라지는 규칙을 모르고 한세상을 사셨다. 어머니는 목청 자체가 악기였고 노랫말은 만들어 부르셨다.

같은 노래라도 어느 사람이 부르면 비장미悲壯美가 느껴지고

15

어느 사람이 부르면 온유미溫柔美가 느껴지는 법. 어머니의 노래들은 회한이 서린 조금은 슬프게 이어지는 엇박자 노래가 대부분이었다.

개인이 가진 사상이 뿌리라면 노래는 꽃이라고나 할까. 뿌리의 종류에 따라 각기 다른 꽃을 피워내듯이, 사람들은 각양각색 노래들을 토하면서 산다. 어머니가 부르시던 엇박자 노래들은, 생각의 뿌리에 인내라는 자양분을 주어 감정을 다스리고 피워내는 언어였고, 삶을 표현하는 꽃이었다. 어머니 노래는 장엄한 미사곡처럼 다듬어지진 아니했었다. 그러나 마음을 닦는 의식이었고, 그리움을 풀어내고 괴로움을 달래어 소망을 부르는 통로였다.

어머니 노래들이 그립다. 어머니가 그립다. 급하지도 그리 느리지도 않았던 정겨운 엇박자 가락들이 몹시 그립다. 어머니 노래들을 찾아야겠다. 조율을 마치고 돌아와 오선지에 소리들을 따라가며 음표를 그려나갔다. 약간 슬프게 넘어가는 소리들이었으니 서정적인 단조가락이어야 하리. 박자는 조금 느린 팔분의 육의 엇박자로 했다. 음표들이 모아져 동기와 악절을 이룬다.

곡조에 노랫말들을 실어 불러보니 소중한 보물을 찾은 것 같다. 따아~띠, 따아~띠, 어머니가 부르시던 엇박자 가락을 건

반 위에 올린 손가락에 맡기니 흥이 나면서 어깨가 절로 들썩거려진다. 멜로디는 건반 위에서 포물선을 그리며 파도를 타듯 넘나든다. 너울너울 날갯짓하며 둥지를 찾아가는 저녁 새무리들의 풍경처럼 평화롭다. 후르~쫑, 후르~쫑, 잘바~닥, 잘바~닥,… ♬ ♬ 엇박자 가락들은 시공을 초월하여 어머니와 나를 하나로 묶는다. 환희! 엇박자 노래들을 악보로 찾은 느낌은 환희였다.

돌아보면 나의 삶도 엇박자다. 착착 잘 맞아 돌아가는 비바체나 감미로운 삼박자 왈츠가 아닌, 엇박자로 따라가고 있다. 세상과 일치한 박자를 맞추는 곳에 가치를 두어보았을 때, 그것들은 끝내 이루어낼 수 없는 인내를 가장한 신기루 같은 거였다. 운명인 듯 체념하는 걸 인정하고 싶지 않아 비바체나 왈츠 호흡을 추구할수록 상흔과 균열만 남곤 했다.

산다는 건 결코 비루하지도 그다지 고풍스럽지도 않은 엇박자, 발품을 팔면서 한 박자 늦게 철 지난 옷을 찾아다니며 고르는 것. 어머니가 사셨던 엇박자 삶은 체념이 아니고 터득이셨음을 깨닫는다. 잘바~닥, 잘바~닥, 엇박자로 걸으며 따라가는 것이 삶이라면 어머니처럼 흥을 담고서 가리라.

변화

'북쪽 바다에 곤이라는 작은 물고기가 살고 있는데, 변화하여 새가 되더니 그 이름은 붕새라. 변화한 붕새의 날갯짓이 하늘을 덮고, 등허리는 몇천 리인지 가히 모르겠더라….' 장자 내편에 나오는 변화에 대한 비유 한 토막이다. 가만히 귀를 기울여보자. 지축을 흔드는 바람소리가 들리지 않는가? 그리고 하늘을 보자. 창공을 가르고 나는 커다란 물체가 보이지 않는가? 아, 장대한 날갯짓을 하며 비상하는 붕새다.

작은 물고기 곤이가 변하여 붕새가 된다? 상상을 초월하는 어마어마한 스케일의 변화론, 상상하는 것만으로도 가슴이 뻥 뚫리며 시원하다. 물고기가 새가 되다니, 도무지 무슨 말을 하는 겐가. 생물학적으로 얼토당토아니하다 생각하시는가? 장자는 이런 픽션을 통해 무슨 교훈을 주고자 한 걸까. 그것은, 안일함에 젖은 이들에게 정서적 충격을 가해 파장을 일으켜 새로운 것을 향해 도전하라는 의미로 해석한다.

사람들은 변화를 싫어한다. 자신만의 세계에 울타리를 치고 이 범위를 벗어나면 긴장하여 방어태세로 들어간다. 작은 물고기 곤이 결연히 분기하여 공기층을 뚫고 올라가는 일 따위는 우화일 뿐 자신과 상관이 없다고 도리질한다. 변화란 자신의 우주가 뒤집히는 사건이다. 고착된 사고를 변화시키는 일은 결코 쉬운 일이 아니다. 여기사 좋사오니, 아무 문제 없으니, 나를 두고 가시라고 평안하다 평안하다 한다.

반나체의 금발 미녀 마릴린 먼로가 책을 읽고 있는 장면을 상상해 보시라. 오케이! 컷! 을 외치는 감독, 카메라를 끌고 다니는 소리, 복작거리는 제작진들 발자국 소리를 의식하는 눈치다. 연기가 아닌 실제로 이런 상황이 자주 있었다. 그녀는 틈나는 대로 책을 읽곤 했다는데, 가까이에 있던 카메라 기자가 평소의 그녀 모습을 찍은 사진을 공개해서 화제가 됐었다. 비운의 그녀가 노출이 심한 야한 사진이 아닌, 책을 읽는 사진에 사람들은 의아해했다.

할리우드 문화산업의 상징, 세계 최고의 섹시 아이콘 그녀이지만 독서를 할 수도 있다. 그러나 들고 있는 책이 아일랜드 작가 '제임스 조이스'의 '율리시즈'라는 것에 사람들이 당혹스러워한 거다. 그 책이 지금은 명실공히 현대 모더니즘 문학의 고전으로 자리했지만, 당시엔 난해하기로 둘째가라면 서러워할 책이었다. 해석이 지나치게 어려워 고급문화를 향유하는 지성인들이나 문학사가들마저 고개를 흔들면서 돌려놓았던 작품이었다.

할리우드 문화산업 자본가들에게 큰 부를 안겨주었고, 아직도 그녀가 나오는 영화의 선정적인 사진이나 장면을 클릭하면 어렵지 않게 볼 수 있다. 백치미의 대명사 그녀가 정말 책을 읽었을까? 읽는 척만 했을까? 더구나 교양인들이 포기한 그 책을? 사람들은 각자의 소견대로 말했다. 양아버지로부터의 성폭행, 불우한 어린 시절, 누드모델, 온갖 스캔들에 시달리다 수면제 과다로 생을 마친 그녀, 공부는 해 볼 기회조차 없었던 그녀인지라 화제를 끌 만도 했다. 어쩌면 그녀는 책을 제대로 소화하지 못했을 수도 있다.

그녀의 제스처는 어떤 의미였을까. 적어도 지금 자신의 위치에서 변화하고 싶다는 탄원 같은 것, 몸부림 같은 것이었을지도 모른다. 책을 펼쳐듦으로 스스로에게 어떤 사람이고 싶다는 염원을 가졌을 거라 짐작할 수 있다. 공공연하게 공개된 자리에서 책에 몰두하는 자신을 보여주면서, 사람들이 자신을 단순히 상품적인 사람이 아닌, 지성인 대열로 표상해 주길 바라는 간절함의 몸짓이었을 거라면 지나친 비약일까?

　자신을 박차고 비상하고 싶으신가? 날기 위해 어떤 노력을 했는가. 새롭고 의미 있는 일이 일어나려면 나를 제약하고 있는 한계를 활짝 열어놓아야 한다. 나를 똑같은 나로 머물러 있게 하는 것들, 나를 정해져 있는 자리로 되돌아오게 하는 것들에 익숙해져 있는 나를 깨워야 한다. 내 영혼 일부분이 어디쯤 가고 있는지, 내 영혼의 향방은 어디를 향하여 있는지, 고민하고 사색해야 한다. 저~기 하늘을 보자. 붕새가 날갯짓하며 비상한다.

음악처럼

경쾌한 음악에 취해 보시라. 생각의 세상은 봄날이 되리니. 꽃들은 형용키 어려운 아리아리한 색깔들로 물들고 마음은 새처럼 창공을 나는 경험을 하게 되리라. 고요히 흐르는 음악에 몰입해 보면, 들끓던 마음이 가라앉으며 자신도 모르게 평온하게 된다. 음악은 사람의 감정을 다스린다.

동창 모임에 참석하여 저녁 식사를 하던 중이었다. 술이 거나해지자 남자 동창 두 명의 목소리가 높아지더니 싸움판으로 갈 분위기였다. 그때 누군가가 식당 주인에게 부탁하여 부르스 음악 노래방 기기를 돌렸다. 그러자 둘이는 얼싸안더니 눈까지 지그시 감고 춤을 추는 진풍경을 연출하는 거다.

겨우 칠 개월 된 아기가 음악을 듣는 것을 보았다. 다른 음악 소리에는 반응하지 않다가도 특정 음악이 들리면 리듬에 맞춰 몸을 흔든다. 칭얼거리다가도 아기가 좋아하는 그 음악을 들려

23

주면 눈물을 뚝뚝 흘리면서도 음악에 맞춰 리듬을 타니 얼마나 신기한가. 제 어미젖을 물고 살포시 잠들다가 그 음악이 들리면 몸을 흔들며 반응한다. 음악은, 아기를 흔든다.

딸이 근무하는 학교에 원어민 교사가 있는데 한국 생활에 적응하는 동안 딸이 도우미를 한 적이 있다. 크리스천인 그가 예배에 참석하길 원해서 우리 교회에 한동안 데리고 다녔다. 그는 첫 발령을 받고 한국에 막 온지라 우리말을 전혀 몰라 딸의 통역이 없이는 말이 통하지 않았었다.

그런데, 설교 시간에는 우두커니 앉아있던 그가 찬송을 부르는 태도는 달라지는 게 아닌가. 두 손을 높이 들고 눈물을 흘리며 간절히 부르는 거다. 대부분의 찬송가가 서양 곡들을 번안한 것이 많아 멜로디가 익숙해서일 게다. 신과 인간, 사람과 사람, 인간과 자연 간에도 일정한 음악이 존재한다. 인종은 달라도 말은 안 통해도 음악으로 하나가 되니 음악은 소통이고 어울림이다.

"나는 때때로 거문고 줄을 만지며 곡조를 탔다. 높은 소리 낮은 소리 그 사이에서 자연스럽게 산수山水와 서로 들어맞는 것을 느낄 수 있다."

18세기 북학 주창자인 홍대용이 중국인 친구 '소음'이란 사람에게 보낸 편지 내용 중에 있는 한 부분이다. 그는 이어서 말하기를, 신경성으로 몸이 허약한 자신이 집안에서만 거처하며 지낼 때에 거문고를 연주하면, 병을 잊어버리고 소원도 풀게 되고 마음이 평화롭고 우울증도 없어지더라고 기록하고 있다.

현대엔 음악으로도 병을 치료한다고 하지만, 선조들은 오래전에 이미 이 방법을 써왔음을 알 수 있는 대목이다. 조선시대 사대부들은 마음을 닦기 위해 악기를 직접 연주하기도 하고 집안에 전문 음악인을 두고 가족과 함께 여흥을 즐기기도 했다. 임금이 음악 발전을 친히 독려하는 문헌(승정원일기)들이 남아있을 정도로 예로부터 우리 민족은 음악과 불가분不可分의 관계였다.

구름이 낮게 드리우더니 색시비가 솔솔 뿌린다. 내 마음에도 비가 내린다. 피아노 앞에 앉아 패트릭주베의 '슬픈 로라(La Tristesse De laura)'를 연주한다. 처연히 흐르는 전주부터 슬픔이 몸속을 채운다. 음악이 이렇게 슬플 수도 있다니…. 손끝을 지나다니는 선율들마다 애간장이 녹는 듯하고 악절들마다 애절함이 절절히 배어 나온다.

나도 모르게 작곡가의 의도대로 음악 속으로 이끌려 들어갔다. 우울한 마음을 선율에 얹으니 음악이 마음을 어루만진다. 급기야 그리움들을 불러내 감정을 지배하고 혼을 적시더니 추

25

억도 불러낸다. 아름다웠던 젊은 날의 몸짓들이 선율을 타고 비처럼 흐른다.

이 감정들은 무엇일까. 이 북받치는 간절함은 정녕 무언가. 왜 이리 가슴이 뛰는 건가. 음악이 나를 어떻게 한 건가. 달콤하고도 쌉쌀함을 음악을 통하여 느낀다. 여울물이 돌에 부딪히고 가는 바람이 솔잎 사이에 가만히 들고나는 것을 음악을 통하여 본다. 선율이 원을 그리며 흩어지는가 하면 다시 모아지고, 마음은 부드러운 곡선을 그리며 순수로 음악에게 빠져간다.

음악, 그 근원은 어디일까. 아기를 흔들고, 위로를 주며 격동하는 마음을 모아 분을 다스려 평정시키고 병을 치유하기도 하는, 수많은 소리들은 어디로부터 오는가. 어디로부터 와선 음악이 되어 이토록 사람들을 주장하는가. 바다 깊은 곳에서일까. 구름을 지나 설산을 넘어 우주를 지나 영원으로 이어지는 곳으로부터인가. 소리를 모아 규칙을 만들고 선율이 되는 음악이 신비롭다.

음악이 흐르면 저절로 감정이 출렁거린다. 조용히 음악에 몸을 맡겨보시라. 자신도 모르게 춤이 되리니. 음악에 마음을 얹어보시라. 어느새 천상을 날게 되리니. 세상이 온통 음악이면 좋겠다. 음악처럼 모두 소통하면 좋겠다. 음악처럼 사람들의 삶이 부드럽고 경쾌하고 찬란하면 좋겠다.

귀를 열고 마음의 눈을 떠 보시라. 잘 익은 술 항아리 앞에, 한 사람이 방랑하는 기색으로 쓸쓸히 앉아 금琴을 타는 소리가 들리지 않는가. 금琴의 소리가 맑디맑게 하늘로 울려 퍼지는 형상이 보이지 않는가?

시 같은 선물

가을이 깊어간다. 단풍도 좋고 낙엽도 좋은 낭만의 계절이다. 시골길을 달리노라면 여기저기에서 감나무들이 발간 감들을 가득 매달고 있어 가을을 더욱 풍요롭게 한다. 이파리를 사그리 내려놓고 오롯이 주황색 감만 매달고 있는 감나무에서 한 편의 시를 읽는다. 마지막까지 결실의 소명을 잊지 않고 최선을 다하려는 듯, 앙상한 나뭇가지가 휘어지도록 위태위태하게 감들을 달고 있는 감나무들을 보면 경이로움을 넘어 숙연해지기까지 한다.

외출했다 돌아오니 내 앞으로 택배가 도착해 있다. 감 상자다. 시가 내 집으로 내려왔다. 열하나, 열둘, 열셋, 주홍감에 담긴 은혜 수십 알이 수백 리를 날아왔다. 한 알 한 알마다 연세를 가늠치 못하게 홍안의, 감을 보낸 분 모습이 서려 있다. 정을 담으면 사물 자체가 시詩이듯이, 굵직한 감들은 시어가 되고 나는 언어에 흥건히 취한다. 아무리 생각해도 이렇게 귀한 선물을 받을 만한 일을 한 적은 없다. 시처럼 살면서 나누기를 좋아하는 그분이 보낸 은혜이다.

시 같은 감 상자에 기도문을 써서 붙였다. 부디, 지금처럼 나이는 잊으시고 감수성은 잃지 말고 행복하게 사시기를…. 부디, 건강하셔서 거리는 멀지만 마음만은 가까이 내 곁에 오래오래 계셔 주시기를…. 베란다에 박스를 펼쳐놓고 가지런하게 감을 늘여 놓았다. 그 뒤 외출했다 돌아오면 감들의 안부가 궁금하여 베란다를 내다보는 습관이 생겼다. 정이 익는다. 그분의 마음이 내 안에 시가 되어 녹는다. 나는 겨우내 시를 읊을 것이다. 노랗고 탁하던 감들이, 일몰하는 태양처럼 말갛게 익어가며 여기저기에서 웃는다.

감이 익어간다. 하루 한 번씩 말랑말랑 익은 감 하나씩 골라 두 손으로 감싸 들고 감의 무게를 느껴보곤 한다. 묵직한 것이 손 안에 꽉 찬다. 힘을 주면 터질 것 같은 감을 접시에 담아 소파에 앉았다. 숟가락으로 떠서 입안에 넣고 오물거렸다. 부드럽고 찰진 감의 살맛이 입안 가득 번진다. 혀를 굴려 감씨를 발라냈다. 씨를 감쌌던 부분의 질감이 기막히다. 사람으로 치면 은밀히 숨겼던 마음 같은 곳일까. 감의 살맛 중 그곳 맛은 최고다. 소중한 정을 남편에게 나누어 주기도 하면서 감사히 먹는다.

감은 사모의 정을 불러내기도 했다. 내가 어렸을 적에 어머니는 뒤란에 있는 감나무에서 일찍 익은 조홍감을 따다 집안의 다른 아이들 몰래 주시곤 했다. 철없는 나는 어머니도 잡숫고 싶었을 거라는 생각은 하지 못하고 주시는 대로 감을 받아먹곤 했는데, 달콤하던 그 감 맛을 잊을 수 없다.

말갛게 익은 홍시를 먹노라면 어머니 생각이 나서 어느새 눈물이 난다. 세상과 영원히 이별할 날을 얼마 남기지 않았던 그날, 음식을 거부하시던 어머니가 홍시를 찾으신다고 올케가 말했다. 지금 같으면 계절과 상관없이 구할 수 있을 것을, 그때만해도 유월이라 홍시를 구할 수가 없었다. 나는 이렇게 매일 맛있는 홍시를 먹는데…. 감을 먹다 말고 목이 메어 사모의 시를 읊어본다.

"盤中반중 早紅조홍감이 고와도 보이나다.
 유자가 아니라도 품음직도 하다마는
 품어 가 반길 이 없을 새 그로 설워하노라"

조선 후기 노계 박인로 님이 노래한 시조다. 노계가 한음 이덕형을 찾아갔을 때 그의 아내가 소반에 일찍 익은 홍시를 내왔다. 옛 문인들은 술은 물론이거니와 간식거리를 대하고도 글 짓는 걸 즐겼는가 보다. 노계는 잘 익은 조홍감을 보자 돌아가신 어머니 생각이 나서 위의 시조를 지었다고 한다.

중국 삼국시대 오나라에 효자로 소문난 '육적'이란 사람이 있었다. 그가 여섯 살 때 원술袁術이란 사람을 찾아갔었다. 그런데, 먹으라고 내놓았던 유자 세 개를 몰래 품속에 넣은 채, 집에 돌아가려고 하직인사를 하다 굴러 나와 그만 발각됐다. 원술이 육적에게 사연을 물으니, 집에 가지고 가서 어머니께 드리려 했다고 대답하여 좌중이 그의 효심에 감격했다는 이야기다.

육적은 유자를 품에 감추어 갖다드릴 부모님이 계셨지만, 노계에겐 글을 지을 당시 감을 품어 가도 드릴 부모님이 계시지 않다는 서러움을 표현한 시조다. 따다 주신 조홍감을 철없이 혼자 먹던 나 역시 철들고 보니 감을 드릴 부모님이 계시지 않는다. 셋방살이하며 전전긍긍하다 내 집을 마련했을 때, 나의 자가용이 생겼을 때 등, 살면서 내 안에 홍시처럼 발간 등이 켜질 때마다 어머니가 생각났지만 이미 계시지 않았다.

오늘도 나는 감을 먹었다. 직접 농사지어서 수확한 시 같은 감을 한 알 한 알 포장을 하셨을 그분 마음을 헤아리면서 먹었다. 그리고 옛 문인 노계가 부러워했듯이 유자 세 개를 품안에 넣었던 중국 꼬마를 나도 부러워했다.

닫힌 문

내가 어렸을 적에 어머니는 문창호지에 네모난 유리를 대고 바르셨다. 나는 그 유리로 밖을 내다보며 작은 방 안의 공간을 벗어난 다른 세상을 상상하곤 했다. 문은 하나의 공간과 다른 공간을 연결시키는 소통의 연결고리이고, 바깥세상에 대한 상상력을 유발한다. 사람들은 문을 열고 나들면서 세상과 소통한다. 아침에 일어나 안방 문을 열고 나와 현관문을 나서면서 하루의 출발이 시작된다.

대문, 미닫이문, 우체통문, 자동차문, 용도에 따라 문의 모양도 다르고 종류도 많다. 문의 크기와 공간은 비례하여 문이 크고 화려하면 공간도 크고, 문이 작으면 내부 공간도 작다. 하지만 공통적인 것은, 그 문을 통과하면 다른 공간이 존재한다는 거다. 우리는 하루에도 수차례의 크고 작은 문들을 여닫으면서 다른 공간들을 접하고 다른 세상을 배워가며 산다.

회전문을 처음 접했을 때였다. 대형 건물에 들어가려는데 누군가 마주 나오면서 문이 저절로 열렸다. 손을 대지 않았는데도 문이 열리다니 기막히게 좋은 세상이라 생각하며 스스럼없이 들어섰다. 그런데 문제가 생겼다. 내리는 타임을 자꾸 놓치면서 내릴 수가 없는 것이다. 건물 내부가 보였다 밖이 다시 보였다 하면서 그 안에서 몇 바퀴 빙빙 돌아 당혹스러운 적이 있었다.

한번은 상경하여 지하철 개찰구를 지나가다 난감한 일을 겪기도 했다. 승차권을 표 인식하는 곳에 댔는데도 도무지 쇠붙이 가림대가 꼼짝을 않는 거다. 이럴 수가, 시골 사람이라고 얼굴에 쓴 것도 아니건만 알아보다니, 자존심이 상했다. 이리저리 해보려는데 역무원이 다가와 열어주었다. 표를 인식하는 전자장치 오른쪽에 대야만 하는 것을 왼쪽에 대고 열리기를 바라다니….

나처럼 문 여는 방법을 몰라 절절매는 사람이 있는가 하면, 문을 몸으로 박차고 나오는 아이가 있었다. 그때만 해도 교회에서 식사당번이 되면 반찬을 쟁반에 담아 식탁으로 날라야 했었다. 그날, 우리 조가 당번이라 상차림을 하는데 몇 번씩 제재를 해도 한 아이가 고삐 풀린 망아지처럼 식당 안을 이리저리 뛰어다녔다. 나는 반찬이 담긴 쟁반을 들고 상차림 하는 방과 연결

된 유리문을 향해 가고 있었다. 그런데 이 녀석이 온몸으로 유리문을 뚫고 순식간에 내 쪽으로 축구공처럼 튀어나오는 게 아닌가. 피투성이가 된 녀석 얼굴과, 바닥에 내동댕이쳐 널브러진 반찬들이 지금도 선명하다.

절그럭절그럭 탕, 빙그르르⋯. 개찰구나 회전문 출입하는 일이 남들에겐 아무런 의문이나 작은 두려움도 없이 자연스럽고 일상적인 일들이거늘, 내겐 통과하기 힘든 난문이었다. 많은 사람들 틈에서 당혹스러운 표정으로 그들의 리듬에 끼어들지 못하는, 부정할 수 없는 이방인이었다. 잠시였지만 갇혀 있는 동안에 온몸으로 치받아 유리문을 통과했던 아이가 생각났다.

하지만, 열리지 않는 문은 없다. 시간이 필요할 뿐이지 손으로 열지 못하면 기계를 동원하면 되고 유리는 부수면 된다. 쇠막대기 정도는 체면 가리지 않고 몸을 낮추어 통과하면 그만이다. 처음에 난문이었지 그 뒤 회전문도 개찰구도 문제없이 통과한다. 능숙하고 유려하게 개찰구를 지나고, 회전문 통과는 부드러운 춤과 같이, 매일 드나드는 사람처럼 태연스럽기까지 하다.

그런데, 반복하여 두드리고 노력을 해도 열리지 않는 문이 있으니, 마음의 문이다. 스스로 닫은 마음문은 밖에서 열 수가 없다. 한 사람의 마음을 얻으면 우주를 얻는 거라 했던가. 원하는 사람의 마음이 자신을 향해 열린다면 세상을 다 얻은 것처럼 기뺄 거다. 닫힌 마음을 여는 신비의 만능열쇠 어디 없는가.

불가佛家에서 깨달음의 화두로 사용되는 유명한 공안公案 중 줄탁동시啐啄同時란 말이 있다. 수행자의 노력과 수행을 돕는 스승의 깨우쳐 줌의 시기가 맞아 떨어져야 깨달음을 얻을 수 있다는 말이다. 요즘은 이 말이 무슨 일이든 안과 밖에서 함께 노력해야 이룰 수 있다는 의미로 널리 쓰이고 있다. 예수께서 문을 두드리시는 성화를 자세히 보면 손잡이가 없는 것을 알 수 있다. 이는 닫힌 마음의 문을 밖에선 열 수 없다는 의미를 전하는 작가의 메시지를 담고 있다.

산을 한 삽씩 떠다가 바다를 메우고, 인간이 도달할 수 있는 한계를 넘어서 망망대해를 가르고 바다에 길을 내는 일은 가능해도, 닫혀있는 한 줌 사람의 마음은 안에서 열어주지 아니하면 열 수가 없다.

닫힌 마음의 문은 정녕 열리지 않는 걸까. 불가의 가르침처럼 시기를 정확히 알고 쪼아주는 혜안을 터득하면 열리려나? 전능자 예수께서도 억지로 열려하지 않고 문밖에 서서 두드리시며 안에서 열어주길 기다리셨으니, 성급하게 두드리지 말고 진심을 가지고 확고한 믿음을 주며 기다려야 하리.

혼자만의 가치관 속에 얽매여 문 두드리는 소리를 듣고도 귀를 막으며 자신만의 영위에 빠져 있는 이가 있는가? 세상을 살아간다는 건 모름지기 타인과의 관계 속에서 행복을 느끼는 것이거늘, 스스로 문을 열고자 하는 아무런 노력도 않는다면 행복은 요원할 게다. 회전문 안에서 빙빙 돌고 있는 것처럼 겁에 질리고 체면 손상이 두려우신가? 과감히 문을 열어 보시라. 두드리며 기다리고 있는 이와 만나게 되리니. 자유롭고 아름다운 세상이 기다리고 있으리니….

삶은
음악처럼…

코스모스 꽃길 따라 와서 내 가슴에 머물렀던 첫사랑은
그렇게 영원히 가버렸다.

산아!

시댁 동네는 사방으로 각종 나무들이 **빽빽**하게 채워진 산들로 둘러싸여 있다. 오른쪽 산을 몇 개 넘으면 원주로 이어지고 왼쪽으로 산을 몇 개 넘으면 제천으로 연결되는 첩첩 두메산골에 할아버지께서는 백여 년 전 삶의 터전을 잡으셨다. 하늘과 마주한 능선 아래로 계곡을 타고 넘어온 바람이, 도시에서 찌들고 지쳐 찾아오는 사람들의 마음을 도닥이며 시원하게 해주는 곳이다. 바람소리, 새소리들로도 모자라는 것이 있다면 구름들이 쉬어서 채워주고 가는 곳, 동네 아래엔 아늑한 호수가 있는 구곡산천九曲山川이다.

파란 하늘과 닿은 비취색 호수를, 부드러운 능선들이 철 따라 옷을 갈아입으면서 아우르는 풍광은 한 폭의 수채화다. 그곳에 가면 누구든지 감성이 풍요로워져 글 한 편 절로 짓고 싶어지리. 낮에는 새들이 노래하고 밤에는 풀벌레들이 합창하면, 하늘에선 총총 수놓은 별들이 반짝거린다. 사계절 모두 아름답지만 아침에 커튼을 열어젖히면, 밤새 자연이 장식한 설경은 가히 최고다.

봉긋한 봉우리들이 병풍처럼 두르고 있는 저수지변에 낚시꾼들이 한가로이 앉아 세월을 던져 놓고 있다. 저만치 떨어져 한 남자가 유난히 낚싯대를 휘두른다. 오래 그리워한 이에게 가까이 닿고 싶은 가보다. 좀 더 멀리까지 찌를 던지고 던진다. 부스러기 상념들과 절제되지 않는 열정들을 호수에 담가 다스리면서, 모든 것을 낚싯줄 던지듯 훨훨 던지면 얼마쯤은 자유 할까나.

이십여 년 전, 낯선 사람들이 과일 상자를 들고 내가 사는 청주까지 찾아왔다. 이렇게 아름다운 고향 산에 채석장이 들어온단다. 그들은 획기적인 거금을 제시하며 팔라고 했다. 당시 우리는 알뜰하게 주택부금을 부어 내 집을 장만하는 과정이었는데 잔금이 턱없이 부족해 대출을 받아야 할 형편이었다. 나는 빠르게 계산이 앞서면서 설레었다. 갑작스런 횡재를 놓고, 남편이 어릴 적에 돌아가셔서 얼굴은 뵌 적 없지만, 산을 유산으로 주신 할아버지께 감사했다.

차를 준비하면서 머릿속으로는 이미 분홍색 꿈을 그려갔다. 그 정도 거금이면 대출받지 않고도 아파트를 구입해도 될 것이다. 결혼할 때 해온 세간들은 새집으로 입주할 때 바꾸어야겠다. 그러고도 돈이 많이 남을 만한 액수이니 아이들 장래를 위하여 땅이라도 사놓으면 정말 좋을 거야…. 젊은 나이였던 나는 잠시지만 미래를 내다보지 못하고 단순히 눈앞의 목돈만 생각했었다.

그러나 남편은 고민도 해 보지 않고 단번에 거절했다. '젊은 양반이 공무원 봉급으로 언제 큰돈을 만져보겠느냐, 절호의 기회다'라고 하는 그들에게 두 번 다시 찾아오지 말라는 말까지 덧붙여 보냈다. 채석장이 들어오면 천혜의 고향 산천이 황폐해질 것은 불 보듯 뻔한데, 당장 밥을 굶는 것도 아니면서 단지 돈에 눈이 어두워 할아버지 유산을 팔지는 않겠다는 것이 남편의 생각이었다.

우리 산만 돌려놓고 다른 사람들은 산들을 팔았다. 우리 산을 돌아서 길을 내려니 어려움이 많다며 팔라고 몇 번 더 권유했지만 남편은 요지부동했다. 급기야 새소리 물소리만 들리던 조용한 마을에 폭발음이 온 산을 흔들고 대형 트럭이 뿌연 먼지를 일으키며 다니기 시작했다. 고단하게 일해도 농사만으로 궁색했던 사람들은 채석장에 취직하여 돈을 벌어 아이들 교육을 시켰다.

문명이란 것이 인간들의 영역이라면 자연은 신의 영역인 것을, 다양한 아름다움과 무한한 교훈을 품고 있는 산을, 사람들이 마구 파헤치고 생채기를 냈다. 말없이 제 몸을 깎인 이 산 저 산 봉우리들의 허옇게 모습을 드러낸 것이 보기 흉했다. 그리고 머지않아 불행은 인간들에게 부메랑으로 돌아왔다.

어느 날 시골집 거실에 들어서니 생수통들이 즐비하게 놓여 있다. 위치적으로 동네 위쪽에 있는 채석장에서 돌 깎는 작업을 하느라 우물을 파서 물을 끌어 올려 쓰다 보니 동네 식수에 악영향을 준 것이다. 물탱크에 건수가 들어가 기름이 뜨고 악취가 나 생활용수로 불가능하게 된 것이다. 채석장에서 상수도 공사를 해주기로 했다는데, 공사하는 동안 그들이 물을 사서 보내준 것이다.

어머니가 물 때문에 고생하시는 걸 보고 남편은 그 좋던 용천수 물줄기들을 잃고 말았다고 안타까워했다. 하늘이 내려준 자연 생수 줄기가 산을 파헤치는 바람에 병들었으니 이 일을 어이하냐고 아까워했다. 계약기간 동안 돌을 채취하면 복구하겠다 말을 한다지만 복구되려면 세월이 얼마나 걸릴지 모른다. 산이 얼마나 소중한 자산인지 관심 없는 사람들이 참으로 야속했다.

내가 새댁 시절에는 동네 옆으로 흐르는 개울가로 나가서 머리를 감곤 했다. 샴푸를 사용하지 않아도 머릿결이 손끝에서 미끄러지고 빨랫비누 한 장이면 각종 옷들의 염색 효과를 선명하게 드러냈었다. 물이란 본디 위에서 아래로 흐르는 것인지라 높은 산을 내려오면서 걸러지고 정화된 용천수가 온 동네 사람들의 생활용수와 농업용수로 모자란 적이 없었다. 그런데 사람들은 생명의 근원인 용천수를 귀한 줄 모르고 돌들과 바꾸어버렸다.

천년을 두고 흐르던 고향 산천 물줄기가 치명타를 입게 된 것은 인간의 이기심이 만들어 낸 인과응보因果應報였다. 태곳적부터 묵묵히 서 있는 산의 거대한 보물창고에 숨겨진 돌을 캐서 눈에 보이는 욕심을 채우려했다. 산을 파헤치고 기계를 작동하다보니 어머니의 유선 같은 물줄기를 건드리어 오염이 되어버린 것이다.

천혜의 자연으로 흐르던 물을 끓이지 않고 마시던 시절이 그립다. 달라는 인간들에게 내어주고 상처투성이로 서 있는 산의 속내는 우리에게 무엇을 말하고 있는가. 자연의 순리에 순응하지 않고 문명의 이기심에 편승하여 욕망을 채운 끝에서 우리는 무엇을 깨달아야 할까.

가을에 보낸 사랑

목마와 숙녀를 읊조리며 눈물 글썽이고, '별이 빛나던 밤에'를 밤늦도록 애청하던 스무 살 가을…. 바다가 태양을 삼키듯이, 낙조처럼 찬란하게…. 그윽하게…. 그는 나를 찾아와 마음 깊숙한 곳에 잘 박힌 별로 자리를 잡았다.

같이 근무하던 직장 동료 중 세 살 위인 사람이 있었다. 어느 날 그녀에게 낯모르는 군인으로부터 분홍색 꽃봉투가 날아왔다. 그녀는 글 쓰는 취미가 없으니, 쓰는 걸 좋아하는 날 보고 대신 답장해 주라며 편지를 건네주었다.

내게 온 편지는 아니지만, 정갈한 필체로 쓴 편지를 나는 거의 외울 정도로 읽고 또 읽었다. 그는 서울에 있는 k대학을 졸업한 후 늦깎이로 입대를 했다 했고, 제대를 일 년 앞둔 육군 병장이라고 소개하고 있었다. 미지의 사람이지만 편지로 마음을 나누고 싶다면서 간절히 답장을 기다리겠다는 내용이었다.

어디서 그런 용기가 났을까. 그날 밤늦도록 고민하다가 얼굴도 모르는 그에게 정성껏 편지를 썼다. 그쪽에서 보낸 편지의 수신자인 P선생과 함께 근무하고 있으며, 펜팔 할 의사가 없다면서 그녀가 제게 편지를 주었고, 용기를 내어 편지를 쓰게 됐노라, 하니 실례되지 않았다면 답장을 기다리겠노라고 썼다.

답장이 오지 않으면 어쩌나, 여자가 먼저 편지를 보내서 가벼운 사람이라고 생각하면 어쩌나…. 편지를 우체통에 넣기까지 갈피를 잡지 못하고 허둥거렸다.

'혹시 나쁜 사람은 아닐까?' 하는 염려가 시냇물 수면 위로 여울지는 파문처럼 마음을 흔들었다면, 미지의 사람과 펜팔 교제를 하고 싶다는 호기심은 밀려오는 바닷물처럼 감정을 휩쓸어 덮어버렸다.

몇 날을 집배원 아저씨를 기다리며 서성거렸다. 그리고 며칠이 지나서였다.

"선생님, 편지 왔어요!"

우체국 집배원이 주는 편지를 유치원 꼬마들이 받아 가지고 왔을 땐 심장이 터지는 것 같았다. 공연히 아이들에게 부끄러워 구석으로 가서 편지를 뜯었다. 내 이름 석 자가 또렷하게 쓰여진 첫 편지를 단숨에 읽고 또 읽고 수십 번 읽었다. 첫 편지의 내용은, 본인의 편지를 반송시키지 않고 답장해 준 것이 무척 고맙다고 했다. 유려한 문체와 약간 흘림의 정자로 쓴 또박또박

한 필체는 얼굴은 모르지만 그의 인품이 고결하게 느껴졌다.

부서지는 초가을 햇살만큼이나 눈부신 꿈 한 자락이 꽃봉투 따라 들어와 나비처럼 살포시 가슴에 앉았다. 그 뒤 우리는 일주일에 두세 번 정도 편지를 주고받으며 서로를 탐색했다. 일년 가까이 둘만의 이야기를 나누며 정이 들어갔다. 연애 경험이 없던 나는 상대방을 상상하는 것만으로도 설레면서 추억을 만들어 갔다. 누군가와 소통함이 큰 행복이라는 것을 처음으로 알게 됐다.

별을 동경하여 무지개를 잡으려고 뛰어다니던 어릴 때 꿈들을 그를 통하여 채워갔다. 편지 교환을 하다 보니 만난 적은 없지만 늘 보는 것처럼 가깝게 느껴지며, 어디선가 우연히 마주쳐도 알아볼 수 있을 것 같은 친밀감이 들었다.

그는 나에게 선생이기도 했다. 여러 양서들을 소개하면서 꼭 읽어보라고 권했다. 그중 '황야의 늑대' '킬리만자로의 표범' '적극적 사고방식' 등의 책들은 구입해서 읽은 후, 보내 달라 해서 정성스레 포장해서 부쳐주었다. 편지가 거듭될수록 나의 지적 능력은 그와 차이가 나는 것을 느꼈지만 나무 아래에서 찍어 보낸 훤칠하고 멋진 사진을 본 뒤, 그를 잃고 싶지 않은 욕심이 생겼다.

남자들만의 군대 생활 이야기도 흥미로웠고, 제한된 공간이라 맘껏 표현은 못하지만 정치적으로 불운한 시대를 살고 있는 젊은이들이 어떻게 고뇌해야 하는지에 대한 관심도 갖게 되었다. 그가 말하는 휴머니즘이니 니힐리즘이니 하는 철학적 단어들에 대하여도 어렴풋이나마 이해하려고 애썼다. 그의 편지를 기다리는 것만으로도 행복했고, 나의 하루하루는 날마다 기쁨으로 충만했다.

그런데 걸리는 것이 있었다. 그는 대학을 졸업하고 군대에 간 지라 나이가 스물일곱 살이었는데, 내 나이가 스무 살이라 하면 어리다고 답장이 안 올까봐 스물네 살이라고 거짓말을 한 거다. 또한 작은 내 키를 실제보다 십 센티나 크게 과장해서 말했었다. 수많은 시인들의 시어들을 슬쩍슬쩍 인용하여 내 것인 양 글을 만든 뒤 우체통에 집어넣는 일이 허다했으니, 나는 거짓투성이였다.

천지를 붉게 태우던 단풍이 낙엽으로 변하여 땅에 구르며 온몸으로 마지막 절규를 하던 그해 가을…. 드디어 그는 전역하여 사회인이 된다면서 나를 만나러 오겠노라고 했다. 순간, 가슴에서 별 하나가 떨어져 나가는 고통을 느꼈다.

그와 이별할 때가 다가옴을 직감할 수 있었다. 나는 그에 비하여 모든 면으로 자신이 없었다. 키도 나이도 학력도 과장이었다. 좋은 추억을 만들고 싶다는 단순한 생각으로 시작했는데 현실은 엄청난 문제로 다가오고 있었다.

이런 날이 오리라 예상을 할 때마다 군대에 있을 동안만 그에게 활력을 주자고 가볍게 생각했었다. 펜팔을 하다가 전역할 즈음엔 결별의 편지를 보낼 의향이었는데 점점 정이 들면서 끊지 못하고 심각한 상황을 맞게 된 것이다.

밤새 고민하다가 이런저런 어설픈 핑계를 대면서 이별을 고하는 편지를 보내자 그는 크게 반발했다. 이해할 수 없다, 받아들일 수 없다면서 어찌 사람 인연을 이렇게 마무리할 수가 있느냐면서 막무가내로 찾아오겠다고 했다.

제발 오지 말라고, 와도 절대로 만날 수 없을 거라고 간절히 전했음에도 그는 왔었다. 어느 날 직장으로 전화가 왔다면서 원장님이 전해 주었다. 고향 역의 광장에 있는 다방 '돌체'에서 종일이라도 기다리겠노라는 전갈이었다.

나는 너무 당황스러웠다. 소중한 추억으로만 간직하고 싶었는데…. 만난 뒤에 나에 대한 환상이 깨질까 봐 두려워 종일 고민했다. 도저히 그를 대면할 용기가 나지 않았다. 나는 끝내 그 다방에 나가지 못했다. 낯선 곳에 왔다 야간열차를 타고 쓸쓸히 가야 했던 그의 심정을 헤아릴 수 있다고 말하지는 않겠다.

그대, 어디선가 이 글을 혹시라도 읽는다면 용서를 구합니다. 그대여, 마음이 얼마나 아프셨습니까. 분노와 실망이 얼마나 크셨습니까. 부질없는 말이지만, 그날 그 다방에 나가지 못한 제 심장도 까맣게 재가 되어 녹아내렸답니다.

나는 당시 몸이 축 갈 정도로 앓아누웠었다. 그를 보내고 나서야 내 마음이 진심이었다는 것을 알 수 있었다. 그래서 나는 지금도 그를 첫사랑이라고 부른다. 첫사랑을 보내버린 슬픔은 혹독했다. 주옥같은 편지들을 오랫동안 버리지 못하고 간직했었다. 철없고 어리석었던 판단으로 인하여 한 번도 만나보지 못한 채 보내버린 첫사랑에 대한 미련과 아픔이 뭉근히 오래오래 지속됐었다.

지금은 이름 석 자만 기억날 뿐, 흑백사진으로 보내왔던 그의 얼굴 형체도 희미하다. 그해 초가을, 코스모스 꽃길 따라 와서 내 가슴에 머물렀던 첫사랑은 그렇게 영원히 가버렸다. 하지만 영롱한 글씨체와 의미를 담았던 글귀 몇 구절은 아직도 기억이 생생하다. 집배원을 기다리며 하루하루 꿈같이 행복했던 젊은 날은 가을이 수없이 지나가도 아픈 추억으로 남아 금처럼 반짝거린다.

숲속에서

볕 좋은 봄날, 조상님 산소를 돌보러 시골집 뒷산에 올랐다. 숲길 사이로 따사로운 훈풍이 일렁일렁 앉았다 일어서기를 반복하며 지난다. 길섶에선 도랑물이 촐촐거리며 겨우내 잠자던 숲을 깨우고 있다. 산속의 봄은 산길 따라 물길 따라 벌판을 달려오는 바람처럼 요란하게 오지 않는다. 어느 날 문득 와 있는 사랑처럼, 가지마다 가만히 꽃눈을 밀어 올리듯 슬며시 와 있었다.

농부의 마음에도 봄은 이미 와 있다. 거름 내려 가는 경운기 뒤를 낭창낭창 따라 걷는 시골 아낙네 모자 위로 봄볕이 쏟아진다. 저만치 숲 가운데 할아버지 산소가 있다. 멀리 보이는 숲은 평화로워 보였다. 하지만 가까이 가 보니 역동적인 숲의 또 다른 얼굴을 만난다. 봉분을 빙 둘러 심은 주목들마다 뾰족뾰족 뽈난 모양새가 일제히 일어서서 봄노래라도 하는 듯 활기차다.

우리는 한낮의 고요한 숲속의 평화를 뒤흔드는 침입자들이 됐다. 잠시 뒤면, 잘 가꾼다는 명분으로 자연이 펼쳐놓은 세상에 관여할 것이다. 남편은 주목들을 주시하더니 전지가위를 들고 다가갔다. 그리곤 세찬 눈보라 견디고 겨우내 살뜰하게 키워온 새순들을 싹둑싹둑 잘랐다. 여린 싹들이 속절없이 땅에 떨어진다. 식물도 정이 있을 것이거늘, 계절의 변화와 속도에 순응하면서 자연 그대로 살아가도록 둘 수 없는 것이 사람들의 생각이다.

주목은 하늘로 맘껏 자라는 것이 일이거늘, 사람들은 지나치도록 무감정으로 대한다. 새순이 나오기가 무섭게 싹이 잘려 앉은뱅이로 살아가야하는 주목들이 짠하다. 이번엔 산소 위쪽에 나란히 심겨진 구상나무들 뒤, 소나무 숲으로 남편이 낫과 톱을 들고 성큼성큼 들어가기에 따라 들어갔다.

세상에! 숲속엔 생존 전쟁이 한창이다. 살아남으려고 먹고 먹히는 치열한 다툼은 인간이나 동물만이 아닌 식물의 세계에도 다를 것이 없다. 칡넝쿨과 소나무의 한판 싸움이 벌어졌는데 참패한 소나무가 고사되어 가고 있었다. 엄지손가락 굵기의 칡넝쿨이 소나무를 칭칭 감고 올라가선 하늘을 가리고 나무를 덮어버렸다. 겨우 칡넝쿨의 공격에 키 큰 소나무가 맥없이 말라죽어 가다니…. 광합성 작용이 일어나지 못하여 윗부분만 남고 붉은 황토색으로 변해버렸다. 누가 저 소나무에게 구원을 베풀랴. 칡 넝쿨의 기세를 꺾어줄 능력자의 도움이 없다면 윗부분마저 먹히는 건 시간문제일 것 같다.

남편은 소나무편에 섰다. 울퉁불퉁 커다랗게 생긴 바위덩이들을 밟고 이쪽저쪽 옮겨 다니며 낫을 이리저리 휘두른다. 사다리를 밟고 올라서서 소나무 끝을 덮은 칡넝쿨들을 걷어 내어 옥죄인 소나무 숨통을 열어 놓았다. 이미 죽어버린 가지들은 과감하게 쳐내고 칡넝쿨을 걷어 내면 소나무가 다시 건강해질 수 있다고 말한다. 고사되어 가는 소나무를 보니 연민이 생겼다. 하지만 난데없이 날벼락을 맞아버린 칡넝쿨 입장에 서 보니 그 또한 안쓰럽다.

칡넝쿨아, 그리 아니했으면 좋았을 걸 그랬구나. 작은 풀 하나하나 나무 이파리 한 잎 한 잎마다 천 개의 풍경과 천 가지 이야기를 저마다 가지고 있거늘 치열하게 감고 올라가 소나무를 죽이는 일에 열심을 내었구나. 칡넝쿨인들 어찌 할 말이 없을쏘냐. 그저 제 방식대로 열심히 살아온 노릇이 소나무를 죽이는 일이 되었으니 어찌할꼬. 부지런히 사는 것이 남을 죽이는 일이고 내가 죽어야만 남이 산다니 이런 기가 찰 데가 어디 있단 말인가.

인간세상에서도 남을 배려할 줄 모르는 이기적인 태도로 인하여 누군가가 피해를 입고 아파하는 일이 얼마든지 있을 수 있잖은가. 마음 내키는 대로, 내 방식대로 사는 사람들로 인해 한편에서 피해를 입고 서서히 몸이 마르고 영혼이 죽어갈 수도 있을 거란 생각에 이르자 섬뜩했다.

내가 죽으면 남이 산다니, 어떻게 그리한단 말인가. 그리하진 못할지라도 봄볕같이 따뜻한 마음만으로도 사람을 감동시킬 수 있다. 감동은 공감을 부르고 공감은 연민을 싹틔운다. 그리고 사랑은 연민으로부터 시작이 된다.

나에게, 작은 식물들 하나에까지 마음을 쓰는 따뜻함이 있는가? 사람을 대할 때 내가 아끼는 소중한 사람을 대하듯 정성을 다했는가? 어떤 상황에서든 내 속에 거짓이 없고 참이었는가? 그날 숲속에서 자신을 조찰하여 보았다.

풍경이 있는 동네

까닭 없이 외로운 날이 있다. 배부르게 음식을 먹었음에도 마음 한구석에 허기가 느껴지는 날이 있다. 헛헛함이 나도 모르게 가슴에 스며들어와 한기가 느껴지는 그런 날엔 길을 나선다.

순간순간 떠오르는 미묘한 감정을 표현하는 언어 하나 건져 올리려고 나는 골몰하는데, 자연은 그 모든 것들을 전신으로 오롯이 잘도 표현한다. 계절에 맞게 아리아리한 색깔들로 물들이면서 술술 풍경으로 풀어 드러낸다.

호수를 향하여 그림같이 들어앉은 펜션이 나무 사이로 아슴아슴 보인다. 꿈에 본 듯한 풍경이다. 산새들이 낭자하게 자자분거리는 숲으로 둘러싸인 그림 같은 펜션이 지나는 사람들을 부르는 듯하다. 우리는 신비한 동화나라를 찾아가듯 좁다랗고 구불거리는 샛길을 따라 그곳을 향하여 들어갔다.

어릴 적에 걷던 고향 동네 신작로를 닮은, 정다운 길이다. 그리움으로 수놓는 길, 내 마지막 숨을 몰아쉴 때도 사랑하며 찾아가고픈 고향 길을 닮은 조붓한 산길을 요리조리 회똘회똘 따라갔다.

펜션 옆으로 호수를 향하여 아늑하고 고아한 정자가 있다. 고즈넉한 마을 풍경을 닮은 할머니 한 분이 정자를 선뜻 내준다. 마루 결이 곱게 길들여진 팔각정 정자에 올랐다. 호수 건너편 산봉우리에 걸린 새털구름을 바람이 천천히 비질하고 있다. 하늘은 호수를 덮고 호수는 하늘을 안았다.

숲과 나무이파리 하나에까지 이야기가 담겨 있을 것 같은, 풍경이 있는 동네다. 지나는 바람결 따라 밤나무 향이 느릿느릿 풍겨왔다. 누군가를 마음에 들여놓는 순간 정이 붙는가 보다. 마주 앉은 할머니를 오늘 처음 만나건만, 말문을 트자 저절로 정이 생긴다. 늦은 나의 귀가를 염려하며 대문 옆에 서 계시던, 오래전에 돌아가신 내 어머니처럼 작고 단아한 모습이다.

할아버진 어디 계시냐고 여쭈었더니, 집 옆쪽을 가리키셨다. 할머니 손끝을 따라가니 호수를 바라보고 누워있는, 선 고운 봉분을 가리키신다. 평생 함께한 반려자를 바로 옆에 묻고 날마다 마음을 나누니 덜 외롭다고 하신다.

줄지어 흐르는 호수 물결처럼 자분자분 할머니의 이야기가 쉬지 않고 이어졌다. 칠 남매 자식들을 모두 객지로 보내고, 정자

지을 터를 동네에 성큼 내주고는 할머닌 정자에 정을 담았단다. 할머니는 아침저녁으로 경전을 닦아내듯 정성껏 정자를 쓸고 닦는단다. 눈이 오면 쓸어내고 비가 오면 그치기를 기다렸다 물이 먹어들기 전에 마른걸레질을 한단다.

정 붙인 것은 모두 정표다. 할머닌, 정이 담긴 그곳을 쉼이 필요한 사람들에게 내주어 쉬어가게 한다. 숱한 정자들을 보아왔건만 이처럼 반지르르 길이 잘 든 정자를 본 적이 없다. 팔각형 정자의 바닥과 기둥들의 결마다 바지런하고 정다운 할머니 숨결이 배어 있다. 할머니에게 정자는 정표이고, 외로움을 달래주는 친구이자 보람이고 그리움을 토하는 의미이다.

출렁이는 물결 같은 흥을 만들며 할머니는 자식들의 효성을 자랑했다. 장남 이야기를 할 때는 목소리 톤이 높아졌다. 어려운 시절 칠 남매 기르느라 장남은 대학 공부를 시키지 못했는데, 돈을 벌어서 동생 모두를 대학 공부 시킨 착한 사람이라며 말을 잇지 못하신다. 호수를 바라보는 눈가에 이슬이 비친다.

자식은 부모님 은혜를 잊고 살거늘, 부모는 자식을 그리며 여름엔 매미처럼 울고 가을엔 귀뚜라미처럼 운다 했다. 세상에 흡족한 효자가 어디 있으랴마는, 할머니는 자식들의 효성이 만족스럽다고 하셨다.

"엄마 옷 입고 계셔요." 하고 전화가 와서 옷을 챙겨 입노라면 차가 와서 빵빵거린단다. 번갈아 태우고 시내 나가 맛있는 거 사 준다며 자랑이 끝이 없으시다. 자식이 힘써 효도한다 한들 바닥을 보여주지 않는 호수처럼 깊은 부모 사랑에 못 미치는 미만이거늘….

세월의 징검다리를 건너 젊은 날을 추억하며 이야기를 풀어내는 할머니 표정이 풍경을 담은 한 편의 시다. 솔잎 사이로 지나는 바람을 맞으며 정자에 누워 흰 구름을 바라보던 일행 한 분이 사르르 잠이 들었다. 복잡한 일상을 내려놓고 단잠에 든 얼굴에 미소가 어린 걸 보니 꿈속에서 어머니라도 만나시는가 보다.

쓰고 떫은맛을 세월에 삭히고 삭혀 풀어내는 달금한 할머니 입담을 뒤로하고 돌아오는 길, 햇살 머금은 나무들이 호수에 잠겨 있다. 호수는 마을을 품고 마을은 호수를 품고, 지나는 바람은 곡식들을 품는다. 익은 곡식들은 사람을 품고 사람은 다시 풍경을 품는다.

지구 반대편까지 찾아 나선다 한들 이보다 정겨운 동네는 쉬 없으리. 군내 하나 끼어들 수 없는, 그윽한 정이 묻어나는 그런 풍경이 있는 동네였다.

조율

조율을 하려고 피아노의 상판과 하판을 들어내면 내부가 드러
난다. 곡선으로 걸린 현들이 마치 공작새가 날개를 펼친 것 같
다. 학의 선처럼 선이 고운 상아색 해머들이 가지런히 줄지어
있는 뒤로 향판의 나이테가 잔물결을 이룬다. 피아노의 생명은
향판에 있다. 해머가 현을 칠 때는 미미한 소리가 나나 향판에
서 공명을 일으켜 방대한 울림과 웅장한 소리를 낸다.

정음을 찾아가며 조율을 하노라면 세상은 온갖 멜로디로 가득
찬다. 세상을 아름다운 멜로디로 가득 채우는 상상을 하며 제각
각 파장을 일으키며 아우성치는 음들을 맞추어 간다. 그런데,
엉망으로 조율을 하고는 도망치듯 그 집을 나와 버려서 두고두
고 미안한 고객이 가끔 생각난다.

이십여 년 전, 이른 아침 조율 의뢰를 받고 나서던 날 아파트
화단엔 된서리가 하얗게 내렸고 찬란하던 단풍들은 낙엽이 되

어 굴러다니고 있었다. 물어물어 찾아간 집은 우암산 기슭 다랑이 논처럼 층층한 곳에 있었다. 산자락을 타고 내려온 아침안개가 지붕을 뽀얗게 드리우고 있어 지척을 분간키 어렵고 고요한 정적마저 돌았다. 비스듬한 사립문을 지그시 밀고 들어가니 중년의 남성이 맞이한다. 낯선 남성 혼자 있는 것이 마뜩찮다 생각하면서 들어섰다.

방은 어둠침침했다. 형광등 불빛 아래 피아노 한 대가 덩그마니 놓여 있다. 좁은 방에 그와 단둘만이다. 반짝거리는 피아노 경첩들이 한미해 보이는 집 안 분위기와 동떨어진다는 생각을 했었던 것 같다.

"딸아이가 피아노 치는 걸 좋아하네요. 제 어미가 없어 마음을 달래주려고 샀지요."

조율을 하려고 상판을 들어내는데 그가 등 뒤로 가까이 다가오면서 말했다.

그런데 아내가 없다는 말이 되뇌어지며 섬뜩해지는 거다. 생각이 나쁜 쪽으로 엇나가자 상상은 날개를 달기 시작했다. 뒤에서 덮칠 것 같은 위협감이 들면서 식은땀이 나고 다리가 후들거리며 피치가 들리지 않았다.

"시간이 걸려야 일이 끝나니 편히 계셔도 됩니다."

내가 말했다.

"종일 앉아 일하는 걸요. 저는 괜찮아요." 하고 대답하는 걸로 보아 계속 뒤에 서 있을 추세였다.

속히 그 상황을 벗어나고 싶어 건성건성 일을 하는데 잠시 뒤, 그가 방을 나갔다. 숨통이 좀 트이자 얼른 일을 마치자면서 부지런히 속도를 냈다. 그런데 하얀 면장갑을 낀 그가 다시 들어오는 거다. 이번엔 뭔가 묵직하게 담긴 검은 비닐봉지를 들고 들어오는 것이 아닌가.

'아니, 왜 장갑을 끼었지? 지문을 남기지 않으려고? 묵직한 저 봉지 속에 연장이? 오! 하나님!….'

아이들과 남편 얼굴이 스쳐 지난다. 도저히 더 이상은 일을 진행할 수가 없었다. 나는 결국 건반을 닫아버리고는 조율을 다 했다고 말했다.

"힘들어 보이시네요. 이것 좀 드세요."

면장갑을 벗은 손으로 음료수 캔들을 꺼내면서 그가 말했다.

팽그르르…. 자부심 무너지는 소리…. 세세하게 정음의 세계와 교감을 나누며 완전 조율만 추구하던 자부심은 어디로 가고 두려워 떨고 떨었다. 쿵쾅쿵쾅 심장의 맥놀이만 큰 폭으로 뛰다가 피아노 뚜껑을 닫고는 허둥지둥 그 집을 빠져나오는 모습이라니…. 하루가 멀다 하고 험한 뉴스를 접하는 사회 탓이라고 변명하기엔 궁색했다.

  손님을 거저 보내지 않고 음료수를 대접하는 사람인 것을, 나는 그날 극심한 두려움의 늪에 있었다. 천국과 지옥은 동전의 앞뒷면과 같은 것, 우리 마음의 키워드가 어디를 택하느냐에 따라 천국에 있기도 하고 지옥에 있기도 한다. 잘 조율된 피아노 소리는 사람의 마음을 격정이 없이 고요하게 하고, 화음은 너와 나의 소통이고 어울림인 것을, 믿음이 깨진 그날 나는 지옥에 있었다.

  산다는 것은 믿고 신뢰하며 피치를 상대방에게 맞추는 것, 느슨해진 현은 조여주고 지나치게 팽팽하면 풀어주면서 함께 가는 것이거늘….

백록담

백록담이 게 있다기에 설렘을 안고 산과 바다 위를 날아갔다. 겨울 한라산이 보고 싶었고 백록담을 가슴에 담고 싶었다. 제주도에 수차례 갔었지만 멀리서 한라산을 바라만 보고 아쉬움을 남긴 채 돌아서야 했었다. 쌓인 눈이 5월까지 녹지 않아 녹담만설鹿潭晚雪이라 하여 제주 10경의 하나로 꼽는 한라산에 오르는 것이 이번 여행의 목적이다. 2월의 백록담은 어떤 풍경일까.

한라산은 제주도 한가운데 우뚝 솟아 어느 방향에서든 보인다. 오래전부터 꼭 풀어야 할 숙제처럼, 그리움으로 남겨 두었던 백록담을 그리며 꼭두새벽에 일어나 숙소를 나섰다. 비교적 원만하다는 코스인 성판악에 도착하여 오르기 시작했다. 쌓이고 쌓인 눈의 양이 두 자는 족히 된다. 왕복 10시간 가까이 끝없는 설빙 길을 걷고 걷는다. 등산코스가 험하거나 어렵진 않지만, 그냥 길다.

어디쯤 올라온 걸까. 저 멀리 아래로 바다가 내려다보인다. 정상 미지의 세계에 있을 백록담을 그리면서 구름 위를 걷고 걷는다. '국경의 긴 터널을 빠져나오자 눈의 고장이었다. 밤의 밑바닥이 하얘졌다.' 이 간결한 문장으로 시작되는 가와바타 야스나리의 '설국雪國'에서는 소설의 주인공이 기차를 타고 터널을 지나 눈 나라로 가지만, 나는 왕복 19.2km 거리의 눈길을 걸어서 가고 있다.

가깝기로 말하면 신칸센을 타고 터널을 통과하는 것보다 훨씬 소설의 분위기와 가깝다고 자부하면서 걸었다. 세상은 하얗게 변해 있었다. 거칠던 바닷바람도 끝없는 설국에 들어서니 잦아들었다. 길은 폭신폭신한 것이 하얀 카펫을 깔아 놓은 것처럼 예뻤다. 은은히 울리는 젓대소리와 퉁소소리가 어디선가 들려올 것 같은, 전해오는 말처럼 신선이 노닐 것 같은 하얀 눈 나라다.

드디어 정상에 올라섰다. 백록담이다! 아! 커다란 저 동공…. 신선의 동공인가. 수면 위에 쌓인 눈雪이 반쯤 녹은 2월의 백록담 표정이 신묘하다. 누군가를 그리는 애절한 시선 같기도 하고, 갓 따온 거대한 생굴 한 점을 접시에 가지런히 펼쳐 놓은 것 같기도 하다. '신선이 신령한 물을 마시는 못은 높은 정상에 있으니 자잘한 한로반과 같이 그 크기가 손바닥만 하여라'라고 노래한 이원조李源祚의 백록담 시 한 구절이 절로 생각난다. 동서 길이가 600m로 그리 큰 편은 아니다. 신비의 수정체 같은 표정으로 구경 온 사람들을 담담히 맞는, 오래전에 열기 식은 화구 백록담을 대하니 감동이다.

백록담 이름은 옛날 선인들이 백록(흰 사슴)으로 담근 술을 마셨다는 전설에서 유래되었단다. '바다로 둘러있는 제주지방 산에는 많은 사슴이 있는데, 사슴을 다 잡아도 이듬해가 되면 여전히 번식하니 바다의 물고기가 변해서 사슴이 되는 것이 아니고야 어찌 사슴이 이리도 많더냐?'라고 이익이 '성호사설'에 기록한 것을 보면, 예로부터 제주도엔 사슴이 많았고 백록담에는 특히 더 많았었는가 보다. 지금은 그처럼 사람이 많다.

사슴들은 모두 어디로 갔을까. 사방을 둘러보아도 백록은 보이지 않는다. 흰 사슴을 탄 무사가 나타나 휘파람을 한 번 불며 모든 사슴들을 모으더니 갑자기 사라져 보이지 않게 되었다는 전설 속의 이야기처럼, 요술이라도 부려 바다 속으로 몰아넣기라도 했단 말인가. 산이 높아 손을 들기만 해도 은하수를 잡아당길 것 같은 정상에 서서 확 트인 사방을 둘러보았다.

운해가 계곡을 따라 흐르는 풍경이 한 폭의 동양화다. 향방조차 알 수 없는 하늘 길 한쪽에선 거대한 구름의 향연이 펼쳐진

다. 이 순간만큼은 의연히 진세塵世의 일을 잊어버리고 홍진紅塵
에서 벗어나 보자꾸나. 해와 달을 옆에 끼고 비바람을 다스리는
신선이라도 된 듯 뿌듯하다. 한없는 아쉬움과 에돌아 흐르는 구
름일랑 정상에 남기고 갈 사람은 가라 한다. 백록담을 만나고
놀멍쉬멍 꼬닥꼬닥 내려오는 길…. 어느새 한라산 밑바닥으로
저녁 풍경이 흐르고 있다.

삶은
음악처럼…

탁, 탁, 성냥개비를 성냥골에 긋는 소리,
생명을 지피는 소리다.

나의 사랑 금강

내가 태어나고 자란 고향 언저리를 휘돌아 금강이 유유히 흐른다. 작은 산봉우리 사이사이로 들어앉은 촌락들을, 다정한 친구가 어깨동무를 하듯이 강줄기가 부드럽게 감싸 아우르고 있다. 어릴 적에 언니들 따라 다슬기 잡으러 자주 갔었다. 주전자에 작은 돌을 넣어 흔들며 걸으면 딸랑딸랑 소리가 났다.

"부는 피리소리 랄랄랄라 ~~" 우리는 노래를 부르며 리듬을 맞춰 걸어갔다. 강변엔 흐르는 물살 따라 일정한 간격으로 은색 미루나무들이 줄 맞추어 숲을 이루고 있었다. 두 팔을 위로 쭉쭉 뻗고 서 있는 나무를 보면 꿈도 하늘을 향해 수직으로 뻗는 기개를 느끼곤 했다.

미루나무 숲을 지나 온종일 햇살을 받아 따끈거리는 백사장을 걷노라면 마음도 수평선처럼 넓어지는 것 같았다. 석양 무렵의 강물은 노을에 물들어 황금빛이었다. 앞서거니 뒤서거니 흐르는 잔물결이 별처럼 반짝거렸다. 하얀 백사장 모래를 살포시 밟는 감촉이 좋아 신발을 벗어 들고서 걷기도 했다.

텅 빈 강나루에 오롯이 매여 있던 나룻배가 바람에 흔들리며 인사를 했다. 살며시 나룻배에 올라앉으면 막연한 그리움을 찾아서, 강물 따라 하염없이 떠내려가고픈 충동이 일었다. 강물처럼 모래처럼 넓고 부드럽게 세상을 품고 싶다는 명상에 젖기도 하면서 어린 시절을 보냈다.

떠나리라, 떠나고 말리라. 청년기에 접어들며 좁은 지역 고향을 벗어나고 싶어 하루에도 수차례 되뇌던 말이다. 새로운 것이라곤 없고 익숙한 풍경들과, 늘 같은 얼굴들만 대하는 푸석푸석한 날들이 지루했다. 그러나 도시로 나가면 사람을 잡는 괴물이라도 있다는 듯이 막내딸의 부재를 날마다 확인하며 바라보는 늙은 부모님의 애처로운 눈동자가 안쓰러워서 생각을 돌리곤 했다.

그럴 때마다 스스로 가슴을 후비고 방황하면서 마음이 허허로우면 금강을 찾아갔다. 일 년 가까이 편지를 주고받으면서 정이 폭 들었던 첫사랑을, 얼굴도 한 번 못 본 채 잃었을 때도 나는 강을 찾아가 아픔을 달래곤 했다.

그 후, 숨 가쁘게 흘러가는 강물처럼 나의 삶에 많은 변화를 겪으면서 한동안 강을 잊어버리고 살았다. 밤늦도록 직장에서 일을 했고, 사랑하는 사람을 만나 결혼도 했다. 그리고 오매불망 떠나고 싶어 하던 열망대로 남편을 따라 고향을 떠나왔다. 외로울 때 친구가 되어주고 한없는 위로를 주던 금강을 두고 새로운 세상을 향하여 소풍을 가듯이 떠났다.

다시 강을 찾아간 것은 마흔 중반을 넘어선 어느 가을날이었다. 불현듯 해 질 녘의 강변이 견딜 수 없게 그리웠다. 강을 찾아갈 여유도 없이 허둥지둥 살다 운영하던 유치원이 인구 이동 현상으로 휘청거리고, 죽음을 넘나드는 대수술을 두 번씩 하고 나서야 고향 강변을 찾아갔다.

그렇게 떠나고 싶어 했던 고향 강변을, 인생의 전환점에서 그리움에 허기진 사람처럼 찾아갔다. 그런데 강변에 줄지어 서 있던 미루나무도 자갈도 모래도 사라졌다. 대청댐이 들어오면서 강은 가늘어지고 피폐하게 변해 있었다. 푸르고 아름다운 예전 모습을 잃어버린 강을 보고 울었다.

강을 가로지르고 있는 투박하고 낯선 철제 다리 위에 섰다. 갈대다! 자갈과 모래를 다 퍼내어 황폐하게 늪지대가 형성된 자리에 갈대가 군락을 이루었다. 비워져 허허로운 자리를 갈대가 가득히 채워주고 있다. 자생하는 능력이 끈질긴 자연은 다 빼앗

겨도 다 사라져도 주어진 환경에서, 강만이 만들어 낼 수 있는 새로운 세상을 펼치고 있었다. 강은 생명의 뿌리를 보듬어 안고 햇살과, 바람의 숨결로 또 하나의 세상을 창조해 내었다.

갈바람에 흔들리는 은빛 바다의 율동에 음률을 실어 갈대가 서걱서걱 울음 섞인 노래를 하였다. 갈대는 바람에 흔들리지만 꺾이지는 않는 끈기가 있다. 빼앗기면 빼앗긴 대로 자연은 새로운 세상을 창조하는데, 보이는 것만 쫓아 흐르는 강물처럼 나는 어디를 향하여 가고 있나…. 희망을 놓았던 자신이 부끄러웠다. 그 후 유치원을 정리했다. 그리고 건강을 회복하여 돈만 쫓는 것이 아닌, 진정 내가 하고 싶은 일을 하면서 살리라 다짐했다.

그 후 해마다 가을이 되면 금강을 찾는 습관이 생겼다. 내가 태어나고 자란 곳 금강! 아직도 이곳에 오면 눈물이 난다. 풍경은 많이 변했지만 내 마음의 강에는 언제나 푸르던 그 시절 풍경이 살아 있다. 역광에 반짝이며 바람 따라 일렁일렁 춤을 추는 은빛 갈대를 한없는 감동으로 쓰다듬는다.

옥수수 먹기

옥수수의 계절이다. 옥수수가 풍년이라 행복하다. 먹을거리가 넘치는 풍요로운 세상이고, 현대인들 입맛에 맞춰 속전속결의 간식들이 넘쳐나지만, 옥수수만큼 시대를 넘어 남녀노소 모두 좋아하는 간식거리도 없을 거다. 임신한 이웃집 새댁은 밥을 제껴두고 먹을 정도로 좋아하여 그 남편이 퇴근할 때마다 한 봉지씩 들고 온다.

우리 집에는 옥수수가 냉동고의 반 이상을 차지한다. 옥수수 농사를 짓는 지인들이 주변에 몇 있어서 골고루 사다 보니 일 년 내내 옥수수를 먹으며 산다. 30개 기준으로 자루에 담아 파는데 가격 부담이 크지 않아 이보다 만만한 것도 없다. 수분이 마르기 전에 한꺼번에 삶아 냉동해 놓고, 손님이 오거나 가끔 주전부리가 하고 싶어지면 서너 개씩 꺼내어 살짝 김을 올려 먹으면 금시 따 온 것처럼 맛이 좋다.

우리 나이쯤 되면 여름밤에 옥수수 먹던 추억 한 자락씩은 거의 가지고 있을 게다. 마당엔 멍석이 깔려 있고, 아버지는 모깃불을 놓으셨다. 해가 넘어가 아이들이 멍석으로 모여들면 약속이나 한 듯 별들도 따라 총총 나왔다. 해 지기 전에 먹은 저녁밥이 소화될 때쯤 어머니는 대소쿠리에 옥수수를 담아 내오셨다. 우리 집엔 아이들이 너댓은 됐는데, 어른들의 옛날 이야기를 들으며 잠들던 그 시절이 그립다.

초등학교 저학년으로 보이는 사내아이가 옥수수를 먹으며 엄마와 함께 엘리베이터에 탔다. 입주한 지 일 년이 돼 가도 몇 층 사는 누구인지 모르고 지낸다.

"맛있게 먹는구나…."

아이가 귀엽기도 했지만 인사도 할 겸 말을 걸었다.

"○○○! 너…어? 그리 지저분하게 먹지 말랬지, 아줌마가 흉보잖아!"

예민한 목소리다.

"흉보는 거 아니고…귀여워 칭찬하는 거야. 알았지?"

낯선 아줌마 앞에서 지적당해서 그런지 뚱한 표정이 되는 아이를 보며 내렸다. 공연히 말을 걸었나 싶어 무안한 생각이 든다.

교회 여름 성경학교 때마다 빠지지 않고 주는 최장기 간식 메뉴 순위 1위가 당연히 옥수수다. 올해도 달달한 물에 소금기를 약간 넣어 삶아 냈더니 아이들이 함성을 지른다. 초등학교 3학년들이 올망졸망 모여 옥수수 먹는 걸 바라보았다. 옥수수 하나 먹는데도 다양한 세상을 보는 것 같다. 쥐처럼 여기저기 파먹는 아이가 있는가 하면, 한쪽에서부터 먹는 아이, 손으로 똑똑 따 먹는 아이가 있다. 참 사랑스럽다.

며칠 전 엘리베이터에서 옥수수를 반쯤은 남긴 채 여기저기 게걸스럽게 파먹는다고 지청구 듣던 아이가 생각났다. 아이는 입맛이 떨어진다는 듯, 입안 가득 옥수수 알을 물고 반항하는 표정을 짓고 있었다. 엄마 입장에선 할 수 있는 말이다. 내 자식이라도 알뜰히 먹지 않고 이리저리 왔다 갔다 마구 파먹으면 한마디 안 할 리가 없다. 그런데 지적이 아이에게 먹혀들지 않고 스트레스만 받는 표정인 것이 아쉬웠다. 지당하고 좋은 말도, 화자 청자가 좋은 분위기로 소통이 될 때 효과가 있는 것을….

주말에 가족들이 모였다. 며느리 사위 모두 모이면 우주가 여섯이다. 멍석도 없고 모깃불도 없지만, 간식으로 옥수수를 냈더니 먹는 방법이 다양도 하다. 아들과 남편은 굵은 쪽에서부터 먹어 가고, 새애기는 가는 쪽에서부터 먹는다. 딸은 어려서부터 똑똑 앞니로 따 먹더니 여전히 그리 먹고, 사위는 하모니카 불 듯 길게 줄을 내며 먹는다. 나는 앞니에 끼는 것이 싫어 딸처럼 서너 알씩 따 입으로 던져 먹는다.

예나 지금이나 어머니 잔소리는 존재한다. 조카들처럼 신나게 먹을 것이지, 손으로 따서 깨작거리면 어느 세월에 남들만큼 크겠느냐고 어머니가 말씀하셨다. 나보다 두 살 적은 반백머리 남자조카는 키가 180센티를 훌쩍 넘고, 내 키가 150센티인 것이 옥수수 먹기와 무관하지 않을 수도 있겠지만, 큰 사람만 있다면 무슨 재미가 있으랴. 세상이 아름다운 건 작은 사람 큰 사람 다양하게 존재하고 있어서다.

군불

찻집 문을 밀고 들어섰다. 가마솥이 걸린 커다란 아궁이에 장작불이 훨훨 타고 있는 사진이 벽에 걸려 있다. 언 몸을 데우는 안온한 실내 온기, 천천히 흐르는 오래된 음악, 그리고 마음을 데우는 추억의 장작불이 그리움을 부른다.

눈이 내린다. 음악처럼…. 바람 한 점 기웃거릴 틈도 없이 내린다. 쏟아지는 눈 속에서 스러지는 장작불을 아궁이에서 돋우시던 아버지 모습이 투영된다. 커피 향보다 진하게 번지는 그리움 따라 장작불 속으로 들어간다.

'와그르르….' '워리~~쫒쫒쫒….' '딸랑딸랑~~'

각종 소리들이 흔들흔들 돌아가는 LP판 음악 속으로 끼어든다. 아버지는 처마 밑에 쌓아두셨던 마른 장작개비를 한 아름 안아다 와그르르…. 하고 아궁에 앞에 쏟아 놓으셨다.

아버지는 군불을 때시기 전에 온기를 찾아 아궁이 깊숙이 들

어간 강아지를 '워리~쫓쫓쫓…' 하고 불러내셨다. 강아지는 화답이라도 하듯이, '딸랑딸랑~~' 하고 방울소리를 내며 달려 나오곤 했다. 어떤 날은 고무래에 끌려 나오기도 했는데, 그런 날엔 하얀 워리가 밤사이 회색 털로 염색을 하고 있었다.

탁, 탁, 성냥개비를 성냥골에 긋는 소리, 생명을 지피는 소리다. 나에게 생명을 주고 나를 이 세상에 있게 한 아버지가 아침 저녁으로 구들장을 달구어 당신의 자식들에게 생명 같은 온기를 불어 넣으시곤 했다. 매캐한 냇내가 방 안 가득 번지며 온기가 돌면 나는 달콤한 새벽잠에 다시 빠져들곤 했었다.

성근 벽돌 사이로 스며든 칼바람에 문고리가 쩍쩍 들러붙는 날, 가장으로서 하시는 첫 번째 몫의 일이 군불을 때는 일이었다. 아버지 마음이 가마솥 가득 출렁일 때면 우리 가족은 차례대로 씻으며 따끈한 하루를 시작했다.

말없이 불꽃을 바라보시던 아버지 표정은 굳게 닫힌 성 같았다. 아버진 그때 무슨 생각을 하셨을까. 타는 장작불처럼 자신을 부수고 희생하여서 비로소 얻어낸 비밀스러운 향이라도 맡으셨을까. 가족을 위해 뼈가 닳도록 일만 하다가 장작불처럼 스러져 돌아가신 아버지는 어떤 향을 얻고 가셨을까.

아버지 곁에 앉아 훨훨 타는 아궁이의 장작불을 바라본 적이 있었다. 쌓아놓은 장작이 일시에 무너져 내리면서 연소되는 푸른 불꽃의 파괴력은, 알 수 없는 생명력으로 용솟음치게 했다. 가마솥을 삼킬 듯 아궁이 가득 튀는 불꽃은 상상력을 유발시켰다. 무수한 생각들은 불꽃처럼 타올라 감성을 살찌웠다.

불사조처럼 훨훨 나는 가벼운 몸놀림, 거침없는 자유로운 몸짓, 붉은 탁류에 휩쓸리는 역동적인 불꽃의 생명체는 가슴을 뛰게 했다. 불같이 뜨거운 심장으로 무언가에 도전하여 심취해 보고 싶도록 공연히 설레었다. 온몸을 장작처럼 태우며 불꽃 같은 사랑에 빠져 보고도 싶었다. 가난이라는 현실을 산산이 부수고 불나방처럼 날아올라 풍요에 도달하는 꿈을 꾸기도 했다.

아버진 넉넉지 않은 밭뙈기에 봄이면 희망을 심고 여름내 일하셨다. 그리고 어머니가 문풍지를 바를 때쯤이면 아침저녁으로 군불을 때셨다. 그러나 까맣게 그을린 아궁이처럼 속만 탈 뿐 열기가 긴긴 겨울밤을 버티기엔 턱없이 모자랐다. 여러 식구들의 필요를 채우기엔 구들장 온기가 너무 짧았다. 아버진 겨우내 온 산을 헤매고 다니시며 모자라는 생명 조각들을 찾아 갈퀴질을 하셨다.

동네 왼편의 거북산에 걸린 야박한 겨울 해를 올려다보시던 어머니가 아버지 오시는지 나가보라고 하셨다. 계사의 철망 사이로 스며든 손톱 만한 태양빛을 등에 업고, 미동도 않고 조는 닭들이 깰까 봐 나는 살그머니 사립문을 열고 나갔다. 웅덩이에 듬성듬성한 살얼음을 꼭꼭 밟으며 고샅에서 놀다 저만치 아버지 나뭇짐이 보이면 집으로 달려와 사립문을 활짝 열어놓곤 했다.

담 모퉁이를 스치는 짧은 겨울 해의 틈새를 놓칠라 햇살 한 줌 이마에 올려놓고, 담소하는 동네 아낙네들 앞으로 아버지 나뭇짐이 천천히 반원을 그리며 돌았다. 얼른 길을 내주며 집채만 한 나뭇짐을 칭송하면, 잿빛 연무를 뚫고 나왔던 목 짧은 해가 나뭇짐 너머로 반짝거렸다.

산에서 눈을 헤집고 모은 낙엽들과 솔가지로 얼기설기 엮었던 아버지 나뭇짐, 그리고 그리운 소리 소리들…. 그렁하니 찻잔 위로 여울진다.

삶은 부조리한 것이어서 '사막에 꽃을 피우는 마법 같은 일'은 일어나지 않는다. 산다는 건 오지 않는 버스를 기다리는 것처럼 지루하고 마음먹은 대로 되지 않았다. 삶은 허상이 아닌, 현실이라는 딱딱한 뼈에 붙은 물렁물렁한 살집같이 만져지지만 결코 부드럽지만은 않았다. 그것은 자주 휘청거리게 하며 때론 멍들게도 하고 아프게도 했다.

세상을 향하여 소리치고 싶으면 말없이 군불을 때시던 아버지를 떠올리곤 한다. 산다는 건, 말이 아니고 자기 안의 깊은 우물을 들여다보면서 서로의 생에 따뜻한 온기를 넣어주는 것, 아파하면 보듬어주면서 말없이 군불을 때주는 일, 아버지처럼 아궁이의 불꽃을 묵묵히 바라보시며 장작을 고이는 것이 결국 살아가는 일이라는 걸 깨닫는다.

버릴 수 없는 것 1

　셋방살이 하던 신혼시절부터 삼십대 중반까지 일곱 번 이사를
다녔다. 그때마다 살뜰히도 끌고 다녔던 물건들이, 내 집을 장
만하여 이곳으로 온 뒤론 하나둘 창고로 들어가 긴 세월 잠자고
있다. 기억 저편서 22년 동안 갇혀 있던 묵은 정취들…. 이번에
새집으로 이사를 하게 되어 꺼내고 보니 많고 많기도 하다. 이
삿짐을 싼다는 건, 묵은 세간들을 버리는 일이기도 하다. 세간
들도 세월 따라 늙는지 가치가 없게 됐다.

　아까워서 못 버리고, 추억이 담겨 버리지 못했다. 결혼 30년
이 넘었으니 이쯤에서 한 번쯤 짐을 정리할 필요가 있지 싶다.
추억이 서린 물건들이라 해서 모두 가져갈 수는 없는 일, 새 아
파트에서 새 마음으로 살자 마음먹었음에도 망설인다. 버리자.
버려야 한다. 폐기물 자루에 물건들을 담을 때마다 이별의식이
라도 하는 듯 물건들마다 서린 추억들을 더듬고 있다. 그림액자
를 떼니 탈색하지 않은 벽지가 네모반듯하다. 젊은 날 알뜰히

살아 첫 집 장만의 꿈을 이루었을 때, 잠을 설쳤던 네모반듯한 초심이다.

이번만큼은 물건들을 마구 버리더라는 말을 들어도 마땅한 사람이 되기로 했다. 친정 부모님 사랑이 담긴 낡은 장롱을 비롯한 오래된 가구들이 폐기물로 나간다. 큰아이가 아들인데 어찌 개구지던지 걸음마를 떼면서부터 장난감을 망치처럼 들고 장롱을 두들겨 패고 서랍들을 꺼내 밟고 놀면서 자란지라 성한 구석이 없다. 정들어 버리기 서운하지만 아이들을 키워낸 흔적이라 생각한다. 새 아파트엔 붙박이로 가구가 마련돼 있어 서운한 맘을 접기가 수월하다. 과감히 버리고 나니 이삿짐이 단출하다.

솜이불을 꺼냈다. 목화솜을 놓아 어머니가 해 주신 이불 두 채 중 한 채는, 보따리를 풀지도 않고 있다. 혼자선 들기조차 버거운 넘치는 어머니 사랑, 30년 넘게 끌어안고 산 어머니 숨결이다. 딸아이 시집갈 때 내 어머니처럼 농사지은 솜으로 만들어 주진 못해도, 우리 전통 솜이니 그 솜을 타서 두어 채로 나누어 만들어 줄까 생각한 적도 있었지만, 막상 닥치자 침대 생활에 맞는 가벼운 이불들을 장만해 보냈다.

헐값으로 이불을 팔겠다고 여기저기 전화했다. 사기는커녕 폐기물 딱지를 붙여 내놓으란다. 폐기물이라니, 멀쩡한 이불이 폐기물이라니, 어찌 그럴 수가. 생각해보니 양모이불에 길들여진 나도 솜이불을 폐기물로 밀어내는데 한몫했다. 솜을 햇볕에 말리고 홑청은 삶아 풀을 먹여 꼭꼭 밟아 시친 기억이 가물가물하다. 버려야지, 그래도 버릴 수야, 첨단과학의 성과를 누리고 살면서 솜이불만 포기하지 못한다면 어불성설語不成說이겠지. 오른편이냐 왼편이냐 고민한다. 다시 잊혀진 물건으로 새 아파트 장롱 안에 가둬 두느니 버리자. 폐기물로 나가는 왼편으로 밀어 놓았는데….

오래전에 돌아가신 어머니가 보인다. 그날 퇴근해서 집에 들어서는데 어머니가 흥얼거리며 이불을 꿰매고 계셨다. 막내딸이 시집가서 덮을 이불을 꿰매니 어찌 즐겁지 않겠냐 하시던 모습이 선연하다. 눈물이 난다. 버릴 순 없다. 이번에도 솜이불은 새집으로 함께 간다. 22년간 정든 집은 쉽게 남에게 팔고 가면서 오백 원 가치도 인정해 주지 않는 솜이불을 경전처럼 끌고 간다. 어머니 숨결 솜이불과 네모반듯하게 살아 얻어냈던 젊은 날 집 장만의 초심을 함께 꽁꽁 묶어 새집으로 가져간다.

버릴 수 없는 것 2

오늘밤은 잠들 수 없을 것 같다. 내일이면 새 아파트로 가니 22년간 정든 이 집에서 보내는 마지막 밤이다. 이 집에서 아이 둘을 키워 혼인시켰으니, 나의 젊음을 여기서 모두 보냈다 해도 과언은 아니다. 추억들이 주마등처럼 지난다. 때로는 좋은 일이 아닌, 아픈 일이 우리를 성장시키기도 했었다. 큰아이가 초등학교 4학년 때 이집으로 이사 왔기에 시내버스를 두 번씩 갈아타고 삼 년 간 다니느라 고생했다.

체력이 달려 성적이 떨어지는 걸 모르고 아이를 잡았다. 어느 날, 아이가 버스에서 내리면 매일 들러 속내를 털어 놓곤 했다는 문구점 주인으로부터 대화 좀 하자는 전화를 받았다. 버스 타고 다니는 것이 힘들고, 학교가 달라 동네에선 친구가 없고, 성적은 떨어져 부모에게 불효하니 너무 속상해 죽고 싶다고 말했다는 거다. 그날의 충격이라니…. 그 일이 약이 되어 우리는 교육방식을 수정했고, 아이는 다행히 잘 자라 주었다. 인생에게 매듭이 주는 의미는 무얼까. 하루, 일주일, 한 달, 한 해가 주는 의미는 우리로 하여금 머물러 있지 말고 앞으로 나가라는 것일 게다. 이 집에 살면서 행복했던 일도 가슴 아팠던 일도 이젠 매듭을 지어 추억의 장으로 넘기자.

새집으로 옮겼다. 짐을 풀자마자 버리는 일부터 한다. 전에 살던 집에서 많이도 버리고 왔는데 짐을 풀며 정리하자니 버릴 것이 또 나온다. 어머니가 만들어 주신 솜이불을 삼십 년 넘게 보관하다 경전처럼 끌고 왔는데 결국 버리고 말았다. 요즘 짓는 아파트는 베란다 확장형으로 설계하다 보니 창고 칸막이가 촘촘하여 넣을 수가 없다. 붙박이 옷장 역시 여의치 않다. 어머니 숨결이 새집까지 끌려와선 폐기물로 나간다. 옷장을 열 때마다 존재를 확인하고 내 것이라며 든든하게 생각했었는데….

인터넷을 이전 설치하려면 집 소유자 주민등록증이 필요하단다. 남편에게 가져오라고 연락했더니, 소유주를 내 명의로 했으니 나의 것을 보여주란다. 이 집이 진정 내 집일까. 줄을 긋고 내 것이라 주장하면 내 것이 되나. 22년간 내 집이라며 살았던 아파트 벽은 옆집과의 경계요 바닥은 아랫집, 천장은 윗집과의 경계였다. 내 것은 보이지 않고 만져지지 않는 공간뿐이었다. 공간에 머물며 그 공간을 언덕 삼아 아이 둘을 업어 키웠다. 만져지고 보이는 내 것은 언젠가는 떠난다. 아끼던 세간들도 옷도

싫증나거나 변질되면 떠나보내야 했다. 숨처럼 여기던 이불도 버리고, 내 집이라고 못 하나 박는 것도 아까워했던 긴 세월 함께한 아파트마저 팔아 버렸다.

떠나지 않는 진정한 내 것은 보이는 것들이 아닌, 보이지 않고 만져지지 않는 정신이나 마음, 공간 같은 것이거늘, 너무 보이는 것에만 집착하며 살았다. 종일 땅따먹기 하다 밥 먹으라 부르는 어머니 음성을 듣자 애써 따 놓은 땅을 그대로 두고 집으로 달려가는 아이처럼, 언젠가는 그렇게 이 땅을 떠날 것이다. 버리지 말아야 할 것이 무언가. 22년간 벽에 걸렸던 액자를 떼어 냈을 때 반듯하게 보존되어 있던 벽지 같은 초심, 철 지난 옷을 찾아다니며 발품 팔아 살뜰히 이룬 집 장만의 감격에 잠을 설쳤던 젊은 날의 순수, 시간과 공간을 넘어 어머니를 그리는 마음, 내 안에 자리한 어딘가를 향한 그리움들, 그런 것들이야말로 버릴 수 없을 내 것이다.

삶은
음악처럼…

어이하여 사람은 한번 죽으면 순환도 아니 되고,
그 어디에서도 다시 찾을 수도 만날 수도 없단 말인가.

월악산

유월은 온 세상을 초록으로 붓칠하는 계절이다. 나긋나긋한 햇살에 늘어졌던 몸과 마음에 활력과 도전을 주고 싶어 월악산에 올랐다. 산야는 온통 푸르게 물들어 초록 물이 뿜어져 나오는 듯 생동감으로 가득 찼다. 승용차 유리를 내리고 달리니 얼굴을 스치는 바람이 싱그럽다.

월악산 초입에 파종하려고 밭을 가는 부부로 보이는 농부들이 보인다. 함께 일하는 아내가 있고 큰 식구인 소가 있으니, 그들의 봄날은 외롭지 않아 보였다. 밭 가장자리로 빙 둘러 옥수수도 심고, 둔덕에는 강낭콩도 심고 동부도 놓겠구나. 고추 포기에 자식들을 향한 그리움도 넣고, 정성도 넣어 꼭꼭 누르며 보듬는가 보다. 봄볕에 그을린 두 사람의 선한 얼굴에 번지는 미소가 곱다.

자연은 시절을 어찌 그리 잘 아는지, 뾰족 내민 새순들이 아기살처럼 보드랍다. 길섶의 야생화 꽃잎에, 산바람이 지나가며 향기를 불어 넣으니 살랑살랑 웃는다. 무엇이 그리 수줍은가. 깊은 산속에 숨어 핀 진달래는 볼 터치를 바른 양 발갛다. 척박한 풀섶이라 불평하지 않고 꽃을 피워낸 야생화를 볼 수 있어 감사하다. 산들이 다양하게 부리는 요술 같은 애잔한 멜로디에 취하여 카메라로 손이 저절로 간다.

미풍이 솔잎 사이로 지나다니는 숲길을 걸어 올랐다. 경쾌한 물소리가 들려와 계곡으로 내려갔다. 물은 빠르게 흐르고 있다. 이름 모를 풀들이 물살에 휩쓸려 한쪽으로 밀린 채로 일제히 엎드려져 있다. 투명한 물속에 잠겨 흐느적거리는 풀들이 녹색 머리카락처럼 부드럽다. 다리가 가느다란 곤충이 풀잎사귀 위를 걸어 다니다가 가만히 멈춘다. 나뭇잎 사이로 들어온 햇살을 받은 계곡물이 말갛다. 물가의 늙은 물푸레나무는 잿빛 나무색을 가만히 물에 비추고 있다.

얼마쯤 오르자 점점 숨이 차오르고 발걸음이 천 근 추를 매단 것처럼 느려지자 말문이 닫혀버렸다. 산에 오르는 것이 힘 들 때마다 보폭에 리듬을 실어 걸으면 한결 쉽게 오르곤 했었다. 그러나 워낙 '악' 소리가 나도록 거친 돌산에게는 통하지 않는가 보다. 가도 가도 끝은 보이지 않고 체력의 한계를 느끼기 시작했다. 그러나 결코 물러설 수 없는 한판 싸움이다. 여기서 중단할 수는 없다. 한 발 한 발 걷다보니 내가 산에게로 가는 것이 아니라 산이 결국 나에게 들어왔다. 능선에 올라 잠시 쉬면서 끝없이 펼쳐지는 산봉우리들을 내려다보니 일망무애—望无涯란 말이 실감난다. 골짜기를 타고 넘어온 바람이 고요한 침묵을 뚫고 지나가자 숲이 도란거리기 시작했다.

　거대한 바위산 영봉이 깎아지른 수직으로 버티고 있어 다시 기가 눌렸다. 나선형 계단의 끝이 보이지 않는다. 정신력과 체력의 한계를 넘어 네발로 기어 계단을 올랐다. 고통 속에서 인내라는 실을 뽑아내야만 정복이라는 보람을 얻을 수 있는 것, 산과 함께 호흡하며 몰아쉬는 거친 숨소리는 내가 살아있음이 아니던가. 저만치 앞서서 한 노인이 나무 계단을 무겁게 한 발 한 발 오르고 있다. 한 세월 짊어지고 가는 삶의 무게인 듯 비척거리며 오르는 등 굽은 배낭 위로 유월의 햇살이 쏟아진다.

　사람들은 왜 산에 오르는 걸까. 고생이 훤히 보이는데도 그 길로 성큼 들어서서 고통의 극점을 향해 나가는 노인의 뒷모습, 오래오래 기억될 것 같다. 잠시 숨을 돌리며 허리를 굽혀 노란 꽃잎을 바라보았다. 꽃들의 세계에도 정이 있는 걸까. 자연도 사람과 같아서 정을 주면 정으로 화답을 해 온다. 군락을 이룬

고산 식물들이 멀리 보이는 산 빛깔과 어우러지며 은은한 운치를 더한다.

　가파른 철 계단 옆으로 짙은 회색 고사목이 있다. 고운 단풍을 한가득 매달고 빛나던 시절을 추억이라도 하는가. 싱그러움이 넘실대는 초록 나무들 사이에서 덩그러니 동떨어진 풍경이다. 그러나 꼿꼿하게 허공을 향한 것이 아직 기력 좋은 노인을 연상하게 한다. 견고한 뿌리를 가진, 오랜 수양을 쌓은 의지의 인간을 보는 듯하다. 고사목, 처연한 아름다움이다. 죽어서도 쓰러지지 않는 인고의 세월을 읽는다. 살아서 천년 죽어서 천년이라는 고사목, 잘 살아낸 사람의 황혼을 보는 것 같았다.

　드디어 정상이다. 사방을 둘러보니 드넓은 산 바다가 펼쳐진다. 산이 말한다. 삶이 팍팍하더라도 마르지 않는 자연처럼 살아야 한다고. 시선이 머무는 곳마다 온통 너그러움뿐이니 나 또한 덩달아 너그러워진다. 자연 앞에 나의 존재는 광활한 우주에 찍힌 작은 점과 같고, 내가 살아온 시간들은 찰나처럼 여겨진다.

　힘을 다해 올라서면 언제나 내리막길이 기다리고 있었다. 산다는 것은 산을 오름과 같았다. 정상을 향하여 오르는 것처럼 고통은 많고 눈부시게 좋은 날들이 얼마 되지 않았다. 지나온 삶을 돌아보니 호탕하게 웃어 본 날이 그리 많지 않았고, 오르

는 것보다 중요한 건 반드시 만나지는 내리막길이다.

정상이란 결국 내려가기 위한 시작점이다. 영봉이란 글씨가 새겨진 돌비석을 끌어안고 사진을 찍으니 어여 내려가란다. 산은 산으로 남겨두고 내가 있어야 할 곳으로 가란다. 너무 오래 머무르지 말고 갈 사람은 속히 가란다. 늘 그랬다. 환희나 기쁨 같은 것은 언제나 야박했다. 월악산 역시 올라가는 시간은 길고 지루했고 정상에 머무는 시간은 짧았다.

늙은 호박

　시골집 마당에 늙은 호박 한 덩이가 누런 몸체를 드러내놓고 있다. 펑퍼짐한 엉덩이를 땅바닥에 질펀히 깔고 사래 긴 밭을 매시던 내 어머니가 생각난다. 흔한 벌 한 마리 찾아들지 않는 딴딴하고 골진 호박껍데기에 흐르는 초가을 햇살이 애처롭다. 파리하고 여리어 부끄러운 듯 야들야들 떨면서 호박잎 뒤로 설피살피 숨던 날들은 가버리고 부끄럼마저 데려가 버린, 조악하게 늙어지는 고독한 시간이 야속하다.

　세월이 겹겹이 쌓여 알몸으로 여름 해를 견디고, 장마에 흙탕물 뒤집어쓰며 입은 업겁業秋이 짠하다. 치열하게 시간을 버티고 최선을 다해 딴딴해진 늙은 호박을 땄다. 다음 세상에 무엇이 되는 꿈이라도 꾸는가. 젖줄을 떠나는 아쉬움 따윈 아랑곳하지 않는 듯 담담하니 분리된다. 가을을 안고 찾아온 시 같은 묵직한 호박을 안으니 한 아름이다. 알몸으로 내 품에 안긴 늙은 호박을 소중히 차에 싣고 가져왔다.

풀꽃 하나 피우는 일도 거저 되지는 않을 터, 시간의 향기를 가득담은 호박 속내가 궁금하여 칼을 들이댄다. 껍데기가 어찌 단단하고 미끄러운지 매달리다시피 하여 호박을 갈랐다. 아! 결코 늙지 않았다. 세상에 처음 모습을 드러내는 호박 속살들이 들키고 싶지 않은 사랑처럼 부끄러운 듯 경련을 일으킨다.

홍합 살 같은 빛깔, 정직하고 조조條條하리만치 시간을 촘촘히 짜서 품은 씨앗, 선홍빛 살에 심겨진 가느다란 홍색 잔털, 이 호박을 어찌 늙었다 말하랴. 볼품없다고 연민으로 보았던 단순한 생각의 소치를 거둔다. 의연하게 시간을 버티고 다홍빛 살을 살뜰히 찌워 씨앗을 여물게 한 호박의 생장과정을 아름다움이라고 규정한다. 겹겹이 쌓인 딴딴한 겉모습마저 속살을 온전히 보호하기 위한 전술이었나 보다.

경이로운 늙은 호박의 아름다움을 어찌 혼자만 향유하랴. 교교姣姣하게 세월을 익힌 늙은 호박이 주는 메시지를 많은 이들과 나누고 싶어 죽을 쑨다. 호박을 썰어, 두어 시간은 족히 넘게 달였다. 팥을 따로 삶고 찹쌀을 불렸다. 배트름한 맛을 내려고 껍질 벗겨 불린 녹두도 준비했다. 재료를 함께 넣어 왕소금 한 줌 솔솔 뿌렸다. 달콤한 정을 담아 설탕도 넉넉히 넣었다.

나무주걱으로 장시간 젓고 젓느라 아픈 어깨도, 껍질을 벗기다 생긴 손가락 물집도 흐뭇하다. 이 정도의 수고마저 아낀다면 어찌 나누는 기쁨을 기대하랴. 좋은 사람들과 호박죽을 나누는 생각만으로도 이미 행복을 선불로 받는다. 호박죽이 익어간다…. 타닥타닥 튀면서 풍기는 향기가 달금하다. '누군가의 고단한 하루를 도닥여주고, 까슬까슬했던 마음을 크림처럼 쓰다듬으며 사람들의 입안으로 부드럽게 녹아드는 늙은 호박의 변모가 기대된다.

사람 하나 깊은 곳에 품고 단단히 동여매어 다홍빛 마음을 가져 보았는가. 육신은 쇠하여도 심연에 그런 사람 하나 있다면 결코 늙었다 할 수 없으리. 남몰래 들여다보며 다정을 살찌우는 사람은 설렘으로 행복을 저금하는 것이므로 기다림의 결실로 낭만의 꿈길을 거닐게 되리. 겉모습은 늙었으나 연모의 마음을 생산하는 아름다움이여. 이 가을 늙은 호박을 아름다움이라 규정한다.

잉어

　박꽃 같은 피부를 가진 처녀와 건장한 시골 청년이 있었다. 두 사람은 어느 여름날 잔물결이 반짝거리는 금강 백사장을 걷고 있었다. 가진 것 없고, 자랑할 만하게 배운 것은 아니지만 몸은 건강하니 결혼하자고 청년이 말했다. 오라버니 아시면 맞아 죽는다고 여자는 고개를 살래살래 흔들었다.

　청년은 갑자기 강물 속으로 풍덩 들어가더니 꼬르륵꼬르륵 물거품만 일고 한참 나오지 않는 것이 아닌가. 여자는 발을 구르며 엉엉 울었다. 잠시 뒤, 청년은 커다란 잉어 한 마리를 맨손으로 움켜쥐고 웃으면서 올라왔다. 처녀는 놀란 가슴을 쓸어내리는데, 파닥거리는 잉어 은색 비늘이 별처럼 반짝거렸다.

　나의 언니와 형부의 러브스토리다. 강 속에서 미끈거리는 잉어를 맨손으로 잡아 올리는 남자, 당시 열아홉 살이던 언니 눈에는 하늘의 별이라도 따다 줄 수 있는 남자로 보였단다. 형부는 잉어를 낚아 올리듯 언니 마음을 강변 미루나무 아래서 움켰고, 언니는 이른 나이에 농부의 아내가 되었다.

언젠가 형제들이 모인 자리에서 언니는, 월급봉투 한번 받아보는 것이 소원이라고 말했다. "맨손으로 잉어 잡는 사람 있으면 나와 보라고 햐!" 하고 형부는 호탕하게 응수했다.

"피라미 새끼라도 매운탕 거리가 낫지. 위험하게 잠수하여 사람 애간장 태우고 잉어만 잡을 게 뭐요?" 하고 언니가 타박했다. 그러자 형부는 "고기는 잡는 재미지. 파닥거리는 잉어 잡는 재미를 당신이 알아?" 하시면서 그 쾌감은 무엇과도 견줄 수 없다고 말씀하셨다.

형부는 금강 하류에서 태어나고 자랐다. 수위가 불어나고 수온이 올라가 잉어가 산란하는 유월 하순이면 때를 놓치지 않고 물의 속도가 느린 곳을 찾아가 잉어를 잡았다. 여기저기 나눠주고 남는 건 냉동실에 넣었다가 언니가 사 남매를 낳고 몸조리할 때마다 푹 고아 국물을 우려내 먹도록 했다.

잉어는 해산한 산모 몸에 붓기가 있을 때 고아 먹으면 탁월한 효능이 있는 것으로 알려져 있다. 내가 첫아이를 낳고 모유 수유를 할 때였다. 이른 장마가 한차례 퍼붓고 간 초여름 어느 날 처제 젖 잘 돌게 하는 데는 잉어 달인 국물이 최고라면서 강으로 가셨다는 전화를 받고 언니 집으로 들어섰다.

"처제, 이놈들 솥에 들어가기 전에 한번 구경해 봐…."

형부는 적군을 물리치고 온 개선장군처럼 상기된 표정이었다. 커다란 고무 함지박 안에서 잉어 두 마리가 유영하는데 길이가 팔뚝만 했다. 끝이 뾰족하면서도 선이 부드럽고 둥글게 흐르는 주둥이 옆으로 뻣뻣한 수염이 쌍으로 났다. 불룩한 배가 빵빵한 것이 장정 허벅지 버금간다. 기왓장처럼 질서 정연하게 배열되어 반짝거리는 은색 비늘들은 두툼한 갑옷을 입은 것 같았다.

뚱그런 눈은 있지만 한 치 앞에 놓인 운명을 못 보는 놈들, 키질하듯이 가슴팍 지느러미를 설설 부치며 주둥이를 볼락볼락한다. 녀석들의 생김새도 잡는 실력도 대단하다고 사람들이 감탄하니, 미소 띤 형부 표정이 흐뭇했다. 이런 날은 언니 잔소리는 음악이요, 월급쟁이도 부럽지 않은 형부의 날이었다. 언니는 잉어를 양은솥에 넣고 소금을 한 주먹 휘휘 뿌리고 뚜껑을 닫았다.

꿈이라면 얼마나 좋을까…. 장마가 한창이던 몇 해 전 여름날이었다. 경운기 사고로 다친 형부를 청주로 이송 중이라는 전화를 받고 달려가니 의사가 막 사망을 선고한다. 청천벽력 같은 소리에 언니는 혼절하고, 나는 받아들일 수 없다며 의사의 팔을 붙잡고 어떻게 좀 해달라고 발을 구르며 애원했다. 도저히 믿기지 않았다. 조용히 누워 계신 형부의 눈을 감겨드리고 흙으로 범벅이 된 발을 물수건으로 닦아드렸다. 이렇게 온기가 따뜻한데, 오십 중반의 나이인데, 가족 누구도 헤어질 준비가 되어 있지 못했는데 영원한 이별이라니….

형부를 산에 묻던 날, 장례절차를 마치고 날은 어둑어둑해지건만 언니는 산을 내려가려 하질 않는다.

"맨손으로 잉어도 잘 잡으시더니…."

언니를 위로하다 나도 모르게 중얼거렸다. 잉어 잡는 걸 그리 좋아했는데 타박한 것이 후회된다며 언니는 다시 오열했다. 봉분을 어루만지는 초점 잃은 언니 눈동자… 커다란 잉어를 들고 환하게 웃던 형부 모습이 선연하여 가슴을 후볐다.

호적마저 정리하면 진짜 보내는 것 같다면서 미루어 오던 사망신고를 마친 날, 유품을 정리하던 언니는 또다시 통곡했다. 큼직한 잉어만 잡겠다면서, 피라미 새끼만 한 월급봉투 안 부럽다고 큰소리치시더니…. 형부는 오래전부터 언니 모르게 보험통장에 튼실한 잉어 한 마리를 기르고 있었다. 월급봉투 받는 거나 농사짓는 거나 밥 세끼 먹는 건 같다더니, 아파트 한 채 장

만할 소담한 돈다발을 길러 언니에게 남겼다. 언니는 그날 울고
또 울었다.

　떠난 자는 다시 올 수 없지만 해마다 장마철이면 강물은 불어
나고, 잉어 떼는 몰려올 것이다. 반짝거리는 은색 비늘조끼를
입은 잉어들은 여전히 물살 따라 뛰놀겠지. 그리고 언니는 강변
으로 나가 그리움이 사무쳐서 울겠지….

　천재지변이 일고 산이 무너져 내리고 또 다른 산이 생겨나도
언젠가는 흩어져 평지가 되기도 한다. 용암이 흘러내려 바위를
녹이고 그 자리가 옮겨져도 세월이 지나면 다시 제자리로 놓이
게 되기도 하는 것이 자연의 순환이다.

　그런데 어이하여 사람은 한번 죽으면 순환도 아니 되고, 그
어디에서도 다시 찾을 수도 만날 수도 없단 말인가. 강물은 여
전히 잉어 떼들을 살찌워 내놓고 돌을 닳게 하고 바다로 흘러가
거늘, 죽은 자는 다시 돌아오지 않으니 남은 자들은 뼈가 녹고
살이 아프도록 그리워하며 애통할 뿐이다.

덮어 준다는 것 1

부쩍 시간의 흐름이 빠르게 느껴진다. 오늘같이 공연히 마음이 조급해지는 날은 산을 찾는다. 복잡한 도시의 일상을 벗어나 산행을 하다 보면 아날로그 같은 세상을 만난다. 천천히 흐르는 풍경과 느림의 미학이 있는 곳, 광속으로 내닫는 시대의 변두리에서 이방인처럼 주눅이 들곤 하는 내게, 산은 언제 찾아와도 평안을 준다.

졸졸거리는 계곡 물소리가 땀을 식히고 가란다. 물이 소를 이룬 가장자리 큰 바위에 앉으니, 자연이 내 안으로 들어온다. 세상과 동떨어진 별천지다. 긴긴 여름 햇살이 나뭇가지 사이를 비집고 너름 바위 위로 쏟아진다. 시간이 정지한 듯, 고요와 하나가 되었다. 그때, 웅덩이 건너편 바위벽에 시선이 머물렀다. 민달팽이 두 마리다.

길이와 굵기가 손가락만 한 민달팽이 한 놈이 또 다른 놈을 향하여 천천히 기어간다. 제 살던 집도 벗어 던진 채 살구색 살을 길게 드러내고 기어가는 모습이 자못 진지하다. 신방을 차리러 가는가 보다고 지나가는 이가 말했다.

'저 흘레의 자세가 아름다운 것은 덮어준다는 그 동작 때문 아닐까.' '복효근' 님의 '덮어준다는 것'이란 시 한 구절이 생각났다. 두 녀석 간격이 두 자는 되니 기는 속도로 보아 아직 상거가 멀다.

그들의 비밀 현장을 떠나 걷는 내내 궁금했다. 아니, 놈들의 흘레 장면이 궁금했다. 정말 치렀을까? 그리움을 향한 몸짓처럼 기어가는 모습이 지극도 하더니만…. 어디로부터 왔을까. 달빛을 타고 지루한 여름날을 견디며 느릿느릿 다가가 한숨 끝에 얻어진 긴 포옹이려니, 덮어도 감춰지지 않는 부끄러움이어도 달콤한 신방이었기를….

한 화가가 알렉산더대왕의 초상화를 그리라는 명을 받고 고민에 빠졌다. 왕의 이마엔 추한 흉터가 있기 때문이다. 화가는 왕의 흉터를 그대로 화폭에 담고 싶지 않았다. 그렇다고 흉터를 그리지 않는다면 그 초상화는 진실한 것이 되지 못하니 어찌 고민되지 않겠나. 화가는 왕이 이마에 손을 대고 쉬고 있는 것으로 처리하여 초상화를 완성했다. 타인의 흉터를 보셨는가? 그렇다면 가려 줄 방법을 먼저 생각해야 하리.

덮어서 위대한 일에 쓰임 받은 사람 이야기가 성경에 나온다. 요셉은 정혼한 여인과 동침한 적이 없는데 그녀의 임신 사실을 알게 됐다. 유대 풍습에선 그 일이 드러나면 마리아는 돌에 맞아 죽어 마땅한 사건이었다. 요셉은 마리아와의 관계를 가만히 덮고자 생각한다. 후에 마리아가 성령으로 임신됐다는 계시를 듣고 기뻐하며 아내로 맞아들였지만, 절교까지 생각한 걸 보면 계시를 듣기까지 그의 고뇌가 짐작된다.

덮는다는 말이 좋다. 덮는다는 건 상대방에게 맡긴 손에 흐르는 눈물같이 부드럽고 성스러운 일이다. 덮어주는 일은 생산이다. 수치를 덮어주면 사람을 앞으로 나가게 하지만 드러내는 일은 사람을 주저앉힌다. 아무리 덮는다 한들 위에서 보면 덮은 사람도 덮인 사람도 부끄러운 것 투성이다. 그러할지라도, 드러내기 싫은 것들을 안고 살아가는 실수가 많은 사람들끼리 서로 덮어주는 일은 아름다움이다.

청년 요셉이 분노와 배신감을 넘어 덮어주는 인품이 아니었다면, 어찌 예수 아버지라는 영광을 얻었으리. 허물이 없는 사람이 어디 있나. 남의 허물을 덮어주기보다 드러내기를 좋아하진 않았는가? 공동체 안에서도 이웃 사이에서도 정치판도, 세상은 온통 드러내는데 초점을 맞춘 듯, 투명을 가장해 낱낱이 파헤친다. 그러나 때론 진실도 덮어야 할 것이 있다. 드러내서 누군가 부끄럽고 아픈 진실이라면 거짓만도 못하다. 허물을 덮어 준다는 건 사랑이다. 남의 허물을 계속 말하는 진실은 사랑도 정의도 아니다.

덮어 준다는 것 2

　며칠간 자다 깨고를 반복하며 지냈다. 후덥지근한 상태가 연일 이어지다 보니 숙면을 취하지 못해 종일 나른하다. 하루는 에어컨을 켠 채 잠이 들었다. 자다 보니 체온이 내려가 한기가 느껴져 잠이 깼겠다. 창문을 보니 동이 트려면 먼 것 같다. 발끝에서 이불을 끌어다 덮고 잠을 청하노라니 어머니 생각이 났다. 어릴 적에 어머니께선 이럴 때마다 이불을 덮어주셨지. 포근한 그 사랑으로 난 다시 잠들곤 했었지….

　아이들을 키울 때 나도 어머니처럼 이불을 덮어 주곤 했다. 온 방을 배밀이하며 뺑뺑이질 한 뒤, 네발로 기며 운동한 뒤, 흙장난 하고 나서 씻겨 재운 뒤, 이불을 덮어주고 내려다보는 그 행복감이라니…. 떼쓰다 울며 잠들거나 생활습관을 교정시키느라 혼낸 뒤 잠이 들면 가만히 쓰다듬어 주곤 했었다. 그럴 때면 어머니가 말씀하셨던 것처럼 "딱하지…." 하는 말이 절로 나왔다. 이불을 덮어주는 일은 행복한 일이다.

한 아버지가 낮술을 드시고 만취한 상태로 하체를 드러내놓고 깊이 잠이 드셨다. 이런 실수를…. 그에겐 세 아들이 있었는데 둘째 아들이 그 광경을 보고 말았다. 그는 형과 아우에게 그 사실을 전했다. 형과 아우는 현장으로 가선 민망한 그 장면을 차마 볼 수 없어 홑이불을 양쪽에서 들고 뒷걸음질로 들어가 아버지 하체를 덮어드렸다.

성경 인물인 아버지 노아는 후에 이야기를 듣고, 첫째와 셋째에게는 축복을 하고 '가나안은 저주를 받아 그 형제의 종들의 종이 되기를 원하노라.' 하고 둘째를 저주했다. 아니, 둘째가 없는 일을 지어내서 말한 것도 아니고 눈으로 본 사실을 말한 것뿐인데 저주씩이나 할 게 무어냐고 노아의 태도를 이해할 수 없다고 말할 수도 있겠으나, 여기선 같은 상황을 만난 아들들이 어떻게 반응을 했느냐에 초점을 맞추고 있다.

사실적인 일이라 해서 남의 실수나 허물을 발설할 권리가 우리에게 있을까? 사실일지라도, 남의 약점을 타인들에게 이야기하여 고발이 되면 현행법상으로도 명예훼손죄로 인정된다. 하물며 아버지 실수를 떠들어 대다니…. 이것이 둘째아들의 죄다. 나머지 두 아들의 태도를 살펴보면 거의 예식 수준에 가깝다. 아버지가 무슨 대단한 일을 한 것도 아니고, 술에 취해 쓰러져 있는데, 예를 갖춰 뒷걸음으로 조심히 덮어드렸다.

보고 나면 아무래도 아버지의 실수가 생각나 존경하는 마음에 금이 가게 돼 있다. 두 아들이 아버지 실수를 보지 않은 것은, 덮고자 하는 행위의 이미 시작이라 할 수 있다. 마음으로 덮고 홑이불로 덮고 이중二重으로 덮어드린 셈이 된다. 함석헌 선생의 일화가 생각난다. 선생이 오산학교에 재직할 때였다. 동료 교사 중 문제 교사로 학생들에게 지목된 사람이 있었다. 하루는 학생들이 몽둥이를 들고 교무실로 쳐들어온다는 정보를 듣고 다른 교사들은 모두 도망갔는데 선생만 남아 있다가 봉변을 당했다.

분노한 학생들은 선생이 그 문제 교사인 줄로 착각하고 마구 몽둥이질을 했다. 그런데 선생은 맞을 때 눈을 감고 있어서 후에 학생들 얼굴을 한 명도 기억하지 못했다. 그 이유를 묻자 '눈 뜨고 때리는 학생 얼굴을 보면 후에 어찌 제자로 사랑하여 가르치겠느냐'라고 대답했다. 취모구자吹毛求疵라는 말이 있다. 털을 불어서 흠을 찾는다는 의미이다. 남의 흠이나 실수를 부러 찾아내는 무섭고 야박한 사람도 허다하거늘, 선생의 태도는 존경스럽다. 남의 실수를 보지 않는 건 덮고자 하는 배려이고 사랑이다.

농작물 하나 키워내는 데도 잘 덮어줘야 한다. 질서 정연하고 촘촘하게 마늘을 다 놓고 나면 볏짚을 이불처럼 덮어줘야 건강하게 자란다. 들춰내는 것은 죽이는 일이나, 덮어주는 일은 상

111

대방을 지키고 보호하는 일이고, 포용하는 일이고 용납하여 살리는 일이다. 허물이 없는 사람은 어디에도 없다. 암탉이 날개로 그 새끼를 감싸듯 서로에게 '생명싸개' 혹은 '덮개'가 되는 세상, 그런 세상을 생각만 해도 살맛 나지 않는가? 이불을 포근히 덮어주는 경험을 해 본 이는 안다. 덮어주는 것이 얼마나 행복한지를. 행복은 요술이나 마술이 아닌 예술에 가까운 것, 예술가가 각고의 노력으로 작품을 만들듯 서로 함께 눈물과 땀을 흘리며 만들어가는 것이다. 우리가 꿈꾸는 행복한 새 세상은 남의 실수를 덮어주고 긍휼히 여겨 용납해 주지 않으면 요원해질 거다.

삶은
음악처럼…

달빛에 반사돼 더욱 하얗게 빛나는 눈길을
우리 모두는 터벅터벅 걸었다.

옛길에 서서

불현듯 고향 풍경이 그리워서 길을 나섰다. 어릴 적에 뛰어놀던 석골 동네에 가 본 지가 언제인지 아득하다. 아니, 이럴 수가…. 옛 풍경들이 보이질 않는다. 해 가는 줄 모르고 놀던 동산과 들판이 사라지다니, 산과 들에 발이라도 달렸는가. 거대한 지느러미라도 붙어서 세월의 물살을 타고 동화 속의 나라처럼 어디론가 헤엄쳐 가버리기라도 했단 말인가.

사라지는 것들의 아쉬움과 그리움을 무엇으로 달래야 하나. 차를 세우고 가르마처럼 곱게 나 있던 하얀 흙길을 덮어버린 회색 아스팔트 위로 내려섰다. 아무리 둘러보아도 여기가 예전 석골 동네인지 분간할 수가 없다. 길가에 남아있는 동네 이름이 새겨진 작은 돌비석을 보고서야 이곳이 석골인 걸 알 수 있었다. 뭔가 궁리하는 듯이 오독하니 서 있는 돌비석으로 눈을 옮기니 아련한 추억 조각들이 기억 저편에서 올라와 모아진다.

115

서낭당 밭에서 어머니는 밭매시고 아버지는 갱굴 논에서 써레질을 하셨다. 밭가에 앉아 소꿉놀이하는 어릴 적 내 모습이 보인다. 까마중 열매로 반찬 만들고 물로 흙을 반죽하여 밥을 지어 잡수시라고 어머니를 불렀지. 일하던 손을 멈추시고 '우리 막내딸 밥도 잘했네?' 하시며 잡숫는 시늉을 하시던 어머니, 수건을 벗어 이마에 흐른 땀을 닦으시곤 숨을 돌리고 다시 밭을 매시었다. 놀다가 지루해진 나는 집에 가자고 투정하다가 나무 그늘 아래 펴 놓은 자리에서 잠이 들었는데 한숨 자고 나면 해가 설핏하였다.

논에서 일하고 오시던 아버지는 고무신을 흐르는 물에 헹구셨다. 바지를 허벅지까지 걷어올리고 푸푸 얼굴을 씻으시면 졸졸거리던 개울물들이 둥글게 원을 그리며 퍼졌다. 성재 너머에서 몰려온 먹구름이 무게를 이기지 못하고 소나기를 쏟으며 논물에 동글동글 여울을 만들면 개구리들이 좋아라고 합창했다. 발을 씻으신 아버지는 집에 가시는 길에, 도랑가에 못자리판처럼 모여 앉아 키 재기 하는 돌미나리를 한 움큼 뜯어 바소쿠리에 얹으셨다.

어머니는 그날 저녁 밥상에 빨간 고추장 양념에 통깨를 솔솔 뿌려서 새콤달콤하게 미나리를 무쳐 내셨다. 여름밤이면 하늘의 은하수들은 하얀 목화밭 솜꽃들처럼 모여서 반짝거렸다. 옥수수 삶겨지는 구수한 냄새에 취할 때면 멀리서 별똥별 하나가 길게 빗금을 그으며 떨어졌는데 그 속도가 쏜살같이 빨라서 급한 기별이라도 하러 가는 것같이 바쁘게 보였었다.

초등학교 4학년 미술 시간에 이 신작로를 그린 적이 있었다. 길섶에 풀과 꽃들을 그려 넣고 둠벙 옆으로 걸어가는 소녀 머리 위로 새가 따라가는 풍경이었다. 그림 속 아이에게는 핑크색 원피스를 입혔다. 선생님께서 그림을 아이들에게 보여 주실 때 왜 그리 가슴이 뛰고 부끄러웠던지….

학교에서 학예회 발표 때 궁녀 역할을 맡은 적이 있었다. 신라시대 이차돈 장군 설화 한 토막을 각색한 내용이었다. 어느 날 주인공 역할을 맡은 남자아이를 호젓한 이 길에서 마주친 적 있었다. 그 아이는 나를 보자 얼굴이 발개져서 냅다 도망갔다. 뛰어가는 뒷모습을 보니 '희! 희! 흰 피가 콸콸…' 하는 대사를 더듬거리다가 선생님께 혼나던 모습이 생각나 나는 웃음이 나왔다.

유난히 눈동자가 까맣던 그 애가 도망가는 이유를 그때는 몰랐었다. 우리 집 닭장 흙벽돌 사이에 쪽지를 끼워 놓고는 계주를 하듯 또 한 번 달아나 버릴 때 나를 좋아한다는 걸 알고 가슴이 설레었던 생각이 난다. 지금 그는 어디에서 한 가장이 되어

귀밑머리 희끗거리며 나이 들어가고 있을까. 혹시 그도 나처럼 이 길에서의 풋풋했던 짧은 만남의 설렘을 기억이나 할 수 있을까.

옛 기억들은 아직도 가슴을 데우며 따끈거리는데, 추억을 살찌우던 동산아! 꿈을 키우던 나만의 공간 사슴배야! 모두 다 어디로 갔느냐. 꽃사슴이 배를 깔고 옆으로 누운 것처럼 생겼다고 해서 사슴배라 부르던 잔디 언덕은, 사춘기 시절 마음이 울적하면 찾아가서 지나가던 기차를 하염없이 바라보던 곳이다.

내 사랑은 지금쯤 어디에서 무엇을 하는 사람일까. 어떻게 다가와 나하고 만나게 될까. 언젠가는 나에게도 소설의 주인공처럼 목숨을 던져도 아깝지 않을 사랑이 찾아와 줄까. 사슴배 언덕에 누워 생각에 잠겨 있노라면, 하얀 새털구름이 파란 하늘을 수놓고 있었다.

숨을 몰아쉬며 올라가던 언덕은 평지가 되었고, 골짜기를 타고 내려온 물이 빙빙 돌며 소를 이루어서 큰 굴멍이라 부르던 개울도 사라졌다. 잘록한 허리처럼 부드러운 신작로, 공깃돌처럼 동글동글한 추억들, 말랑거리던 꿈들이 퇴색되어버린 세월이 안타깝다.

아지랑이 몽글거리던 길섶으로 사계절 피고 지던 야생화들을 햇살과 달님이 자라게 해 주던 꽃 꺾던 언덕이 몹시 그립다. 고 불거리는 신작로 따라 해질녘 소를 몰고 귀가하는 소년들의 휘파람소리, 소방울 소리에 가슴 설레던 그때가 그립다.

옛 추억을 탄식하는 듯 그리움들을 따라 삽상한 바람이 분다. 성재구릉을 타고 저녁 햇살 한 줌이 꽃 대신 추억으로 점점 내려앉고 있다. 푸드덕 날아가 버린 새처럼 애써 꿈을 기르던 날들은 가버리고 꽃보다 선명하게 피어나는 추억들만 남아 있다.

쓰레기통

계사년이 저물어가던 어느 날, 혼인을 앞둔 딸이 제 쓰던 물건을 정리하는 걸 보았다. 아홉 살 때 따로 자는 훈련을 시키기 위해 안고 자라고 사 준 인형, 친구들에게 생일 때마다 받은 머리핀, 저금통 등, 차마 버리기 아까운 물건들이 많기도 하다. 추억이 담긴 물건들이라 해서 신혼집으로 모두 가져갈 수는 없는 일, 버릴 것은 버려야 한다.

안녕…. 이십팔 년간 나의 딸로 살았던 흔적들이 마대자루에 담겨 쓰레기통으로 나간다. 굽이굽이 아이와 함께한 시간들이 어여뻐 눈시울이 젖는다. 잡고 싶은 한없는 마음은 추억으로 남기고 보내야 한다. 기쁨을 주던 딸 자리에서 머물러 살 수만은 없는 것, 나는 보내고 아이는 떠나야 한다. 이제 아이는 아내로 주부로 새로운 삶을 살면서 새 물건들을 채워갈 거다.

그날도 신혼생활에 젖어 있을 딸을 생각하면서 쇼핑을 하러

나섰다. 대형 마트에서 장을 보아 주차장으로 나오려면 지인이 운영하는 커피숍을 지나야 한다. 의자마다 손님들이 가득하다. 아는 척하는 것이 누가 될 것 같아 살짝 지나치려는데 어느새 보았는지 커다랗고 둥근 플라스틱 용기에 커피를 가득 채워 뚜껑을 덮어 건네준다. 그분은 정도 많다. 시동을 걸고 자동차 CD 음악을 들으면서 출렁출렁 넘치는 정을 마신다. 대롱으로 빨려 오는 맛이 달달하다.

차에서 내리니 마실 때는 좋았던 빈 커피 용기가 거추장스럽다. 핸드백, 새로 산 옷이 담긴 쇼핑백, 이것저것 장 본 물건들로 양손에 짐이 주렁주렁하다. 손가락 끝에 커피 용기를 간신히 겹쳐 들고 기신기신 아파트 입구에 있는 쓰레기통을 향하여 갔다. 커다란 초록색 쓰레기통이 반갑다. 팔을 둥글게 들어 돌리면서 빈 용기를 휙 던졌다. 시원하다. 큰 짐을 벗기나 한 것처럼 가볍다.

쓰레기통! 쓰레기통이 빠졌다. 신혼살림 장만할 때 쓰레기통을 안 산 것이 생각났다. 요즘은 자식 혼사를 치러도 크게 할 일이 없다. 음식은 뷔페고, 세간들은 가구점이나 가전제품 매장에 골라만 놓으면 배달해 준다. 내가 시집올 때는 아버지는 친구분들과 돼지를 잡고, 어머니는 동네 아주머니들과 목화솜을 놓아 이불을 꿰매셨다. 지금은 주단 집에 품질 좋은 이불들이 즐

비하니 돈 주고 고르면 된다. 딸과 사위가 알콩달콩 살면서 쓸
잔삭다리들을 사러 다니는 기쁨이 쏠쏠했다. 쌀통, 국자, 칼도
마, 냄비, 참깨 빻는 절구 등, 오밀조밀한 물건들을 수십 가지
샀는데 쓰레기통을 빠뜨린 것이 생각난 것이다.

되돌아 나가 은빛 꽃무늬에 탱자만 한 알이 박힌 예쁜 크리스
탈 쓰레기통을 샀다. 식 가위, 때밀이 수건, 부드러운 수세미가
보여 몇 장 집어넣었다. 그잖아도 딸이 보고 싶었는데 보러 갈
이유가 생겼다. 다섯 시에 퇴근이니 지금 가면 될 것 같아 신혼
집이 있는 세종으로 달렸다. 달리다 보니 저절로 정이 가고 사
랑스러운 사위 얼굴이 떠오른다. 그런데, 툭하면 달려오는 주책
없는 장모라고 생각하면 어쩌지? 이건 아니지 싶다. 그래, 딸아
이 직장으로 가자. 아이 차에 물건을 옮겨 싣고 얼굴이라도 잠
깐 보고 손 한번 만져 보고 오자.

아이가 근무하는 학교 교내 주차장을 몇 바퀴 돌아도 딸의 차
가 없다. '아직 퇴근할 시간은 아닌데?' 하면서 전화를 했다. 그
런데 교육청 출장이 있어 일찍 나왔다면서 회식 장소로 갈 건데
웬일이냐고 한다.

"…. 연말이라 외숙모도 보고, 이모도 볼 겸해서 오는 김에 쓰
레기통이 빠져서 샀는데…. 주고 갈까 해서…."

딸 근무지가 친정 동네인 걸 상기하며 말했다.

"엄마, 그만 좀 사세요. 쓰레기통 샀어요."

"예쁜데….""

"예쁜 것 엄마도 좀 쓰셔요. 조심해 가세요."

쓰레기통을 샀단다. 노상 바쁘게 다니는데, 천천히 예쁜 것으로 고르지 않고 아무거나 샀으면 어쩌나. 쓰레기통이 하도 예쁜지라 첫눈에 들어서 샀는데…. 이제 그래야지. 살림살이들을 사면서 누리는 행복도 이제부터는 제 남편과 하나씩 장만하도록 넘겨주어야지…. 차를 돌렸다. 마음을 다잡음에도 아이의 부재가 적응이 안 돼서 그런지 아이 얼굴이 차창에 아른거린다.

가슴에 구멍이라도 났는가. 오늘 아침에도 컴퓨터를 하다 화면 아래 시계를 두어 번 쳐다보았다. 일곱 시에 깨우던 습관이 있어서다. 순백 드레스 자락을 사락사락 끌면서 제 남편을 향해 환히 웃으며 걷던 딸아이 환영 위에, 흑백사진 같은 오래전 신부 모습이 겹쳐진다. 30년 전 내 모습이다. 그날, 주단 위를 걷다 한복을 입고 혼주석에 앉아 계신 어머니를 보았는데 눈물을 훔치고 계셨다. 어머니 마음을 이제야 알 것 같다. 오늘따라 어머니가 그리워 눈물이 난다.

엄마의 존재는 삶의 찌꺼기들이 쌓여 어깨가 무거워지면 찾아가 쏟아내 비우곤 하는 쓰레기통 같은 건지도 모른다. 하늘나라에 계신 어머니…. 내 어머니는 쓰레기통처럼 언제나 한군데 계셨다. 내 어머니가 그랬듯이 나 역시 내 아이 삶의 앙금과 모든 스트레스들을 가리지 않고 받아주는 쓰레기통처럼 한군데 있어야겠다. 그립다고 보고 싶다고 불쑥 찾아나서는 것이 아니라 언제든지 찾아오도록 가만히 있어야겠다.

눈 오는 날 회상

　따끈한 커피 잔을 두 손으로 감싸고 창가에 서서 분분설을 바라본다. 하얗고 부드러운 깃털 같은 눈송이들이 한들한들 춤추며 나폴나폴 내려온다. 하얀 영혼이라도 있는 것처럼 생긴 눈은 대체 어디로부터 끝없이 내려오는 건가.

　눈은, 낭만을 주고 맑은 마음이 되게 한다. 눈은, 별 조각 같은 그리움들을 싣고 날린다. 눈이 날리는 창밖을 보노라니, 많은 세월이 흘렀어도 잊히지 않는 추억이 떠오른다. 영혼이 맑디맑던 젊은 날이 생각나 미소를 짓는다.

　가슴이 허허롭던 젊은 날의 그해 겨울, 그날따라 동전만 한 눈이 종일 비처럼 퍼부었다. 약속한 적은 없지만 누구라도 만날 것처럼 공연히 설레어 집을 나섰다. 그날은 밖으로 나오지 않고는 견딜 수 없었으니, 세상을 하얗게 덮은 눈 때문이었다. 읍내 '맛나당' 빵집에 들어서니 '이게 누구야? 이렇게 만나는 행운은

125

눈이 준 거야, 눈!' 하고 한 남자 선배가 오버액션을 하며 반긴다.

마음을 주고받는 연인 사이가 아니어도 그날 그와 이야기하면서 허함을 조금 정도는 채울 수 있었다. 눈은 우리를 낭만의 세계로 빠지게 했다. 커다란 난로의 둥근 함석 연통에 두 손을 녹인 후, 그와 마주 앉아서 성냥개비를 쌓으며 주저리주저리 이야기를 나누었다. 무슨 대화를 했는지 내용은 생각나지 않지만 제법 진지하게 주고받았던 것 같다.

언젠가는 청주로 나와 영화 한 편으로 마음을 채우고 나오니, 그날도 눈이 폴폴 날리었다. 나는 고향으로 가는 버스를 타지 않고 시내를 배회하다가 음악다방으로 들어갔다. 쪽지에 듣고 싶은 곡을 적어서 차 시중드는 아가씨에게 건네고 시간 가는 줄 모르고 있다가 막차를 타게 되었다. 그날 막차 시간까지 지체하게 된 것은 폴폴 흩날리던 눈이 토큰처럼 점점 커졌기 때문이었다.

막차에 올랐다. 하늘은 하얀 눈을 마구 쏟아놓고 있었다. 나는 차창 너머 하늘을 올려다보고 있었다. 그런데 이게 웬일인가. 청주에서 오십여 리쯤 되는 고향으로 가던 시내버스가 길이 미끄러워 더 이상은 못 간다면서 중간쯤 노상에 손님들을 내려놓더니 인정 없이 그냥 가버리는 것이 아닌가.

사람들이 순하던 시절이었다. 승객들 의사는 묻지도 않고 버스 기사의 판단으로 예기치 않게 노선을 중단했음에도, 이의를 제기하는 사람은 아무도 없었다. 오히려 예까지 데려다준 것만으로도 감사하다고 인사를 하는 이도 있었다.

폭설로 더 이상 못 간다는 이유가 나에겐 낭만으로 여겨졌다. 늦어도 괜찮은 확실한 핑계를 부모님께 댈 수 있었으니까. 이름은 모르지만 낯이 익은 청년이 함께 타고 있어서 약간은 설레기까지 하면서 설원에 취해 걷게 될 테니까. 긴 행렬 속에서 영화 같은 로맨스가 생기는 기적이 일어날 것만 같았다.

달빛에 반사돼 더욱 하얗게 빛나는 눈길을 우리 모두는 터벅터벅 걸었다. 그 청년은 나보다 몇 걸음 앞서서 그림처럼 조용히 걸어가고 있다. 무심하게 걷고 있는 그 청년 어깨 위로 휘영청 달빛이 쏟아져 내렸다. 걷고 또 걸어도 나와의 간격이 좀체 좁혀지지 않았다. 부지런히 걸어 보아도 구두를 신었을 뿐만 아니라, 보폭이 작은 나는 일행들과 점점 멀어져갔다.

그는 내가 출근할 때마다 큰 기와집 대문에 서서 종종 나를 바라보곤 했던 사람이다. 어쩌다 시선이 마주치면 멋쩍은 표정으로 얼굴을 붉히어서 내게 설렘을 주더니 오늘은 어이하여 목

석처럼 말을 잊어버렸단 말인가.

손목시계의 바늘은 자정을 넘기었다. 뒤처진 내가 신경 쓰였을까? 그림자처럼 말없이 조금 앞서 걷던 그 청년이 걸음을 늦추었다. 그러더니 나와 속도를 맞춰 조금 천천히 걷는 게 아닌가. 그리고 보니 맨 뒤에 처진 것이 우리 둘뿐이다. 그는 남들처럼 빨리 가도 될 것을, 내가 신경 쓰이는 것이 확실했다.

그러나 거기까지다. 그는 내게 말을 걸고 싶은 의향은 없는 듯했다. 아니, 내가 뒤에 따라가고 있는 것조차 모르는 사람처럼 보인다. 눈 덮인 풀숲에서 가끔씩 이름을 알 수 없는 작은 동물들이 지나는 기척에 너무 놀라곤 했지만, 나 역시 그에게 무서우니 같이 가자고 표현할 수는 없었다.

길가의 나무들이 백설 옷을 입은 귀신처럼 보이기도 했고, 죽은 사람이 벌떡 일어나 서 있는 것처럼 보이기도 했다. 고개를 들면 온통 무서운 것뿐이라 쳐다보지 않으려고 땅만 보고 걸었다. 가끔 푸다닥하고 밤새가 움직이기라도 하면 머리카락이 일어났지만, 아무렇지 않은 척 꾹꾹 참았다.

그날, 그는 끝내 아무런 말도 걸어오지 아니했다. 그렇게 침묵할 거면서 그동안 무슨 이유로 큰 기와집 대문에 서서 나를 보고 있었을까. 무표정한 그는 뉘 집 자제일까. 도대체 왜 나를 바라보곤 했을까. 자기 때문에 그 집 앞을 지날 때면 옷매무새와 머리를 만지며 도도한 표정으로 지나곤 했는데 말이다.

그 집에 사는 여자아이는 매일 아침마다 나를 기다렸다. 저만치 내가 보이면 머리에 분홍색 핀을 꽂은 그 아이가 촐랑촐랑 뛰어 오면서 '선생님!' 하고 불렀었다. 나는 그 아이 볼에 뽀뽀를 해 주면서 반갑게 손을 잡고 출근했었다.

강아지처럼 나를 따라 유치원에 가곤 하는 풍경을, 그는 우리가 모퉁이를 돌 때까지 바라보곤 했었다. 그는 누구일까. 그 아이의 삼촌일까, 그 집에 세 들어 사는 사람일까, 궁금했지만 아이에게조차 누구냐고 물어본 적은 없었다.

저리도 무심한 걸 보니, 그가 서서 바라본 건 내가 아니라 유아원 가는 어린아이가 귀여워서였을지도 모른다. 내게 맘이 있는 것으로 착각하여 내가 먼저 이런저런 말을 걸지 않은 것이 다행한 일이라고, 그날 밤 생각했었다.

하염없이 날리는 눈을 바라보면서 부질없는 생각에 잠긴다. 내가 먼저 용기 내어 말을 붙여 볼 걸 그랬나 보다. 그랬더라면 그와 나란히 걸었을 것을 그랬다. 그랬더라면 백설 옷 입고 귀신처럼 서 있는 길가의 나무들이 무섭지 않았을 것이고 새로 산 구두가 길들지 않아 아팠던 발도 덜 아팠을 것이고, 몹시 추웠던 것도 한결 따뜻했을 걸 그랬다.

눈 쌓인 밤길을 걷던 그 옛날 같은 일이 꿈처럼 다시 온다면 지금의 나는 어찌할까. 용기 내어 먼저 말을 걸 수 있을까? 출근길의 나를 바라본 이유를 물어볼 수 있을까? 오늘같이 맑은 영혼이라도 가진 것 같은 하얀 눈이 내린다면…. 영화같이 행복할 거다.

왜?

비가 좀 뿌리는가 했더니 해갈은커녕 건조한 하늘이 계속된
다. '인디언 기우제'라는 말이 생각난다. 극심한 가뭄이 들면 인
디언들이 기우제를 지내는데, 기도를 시작하면 비가 올 때까지
기도한다는 것으로, 다소 비아냥거리는 뜻에서 생긴 말이다. 그
런데, 애리조나 주 '나바호족'이 올리는 네 번의 기우제를 수년
간 관찰한 '게리 위더스푼'이란 사람은 네 번 모두 12시간 이내
비가 쏟아졌다고 증언한다. '그래그 브래든'도 그의 저서 '이사
야 효과'에서 이를 뒷받침하는 실화들을 기록하고 있다.

과학시대에 무슨 제사냐고 하시는가? 우리 민족 기우제의 맥
도 따라가면 머잖은 조선 시대로 거슬러 닿는다. 음력 4월에서
7월 사이엔 농민들이 고을 단위로 기우제를 지냈고, 국가적으
로도 기우제는 연중행사처럼 거행되었다고 조선왕조실록에 기
록하고 있다. 한 예로 태종의 경우 재위 18년간 많게는 한 해 9
회의 기우제를 지낸 적도 있다. 광복 이후도 곳곳에서 기우제를

올린 흔적은 쉽게 찾아볼 수 있다.

과학이 우리를 시원하게 해준다지만 한계가 있다. 아무리 과학이 눈부시게 발달하여도 과학이란 사람이 만들어 낸 결과물이다. 새로움을 향한 창조를 목적하는 인간은, 진화되어온 과학의 뒷받침이 전무하던 수천 년 전에도 하늘을 뚫고 올라가려 바벨탑을 높이높이 쌓았었다. 당시로선 기함을 토할 인간의 능력을 과시한 결과물이었다. 그러나 진노한 전능자의 한숨 한 번에 와르르 무너져 버렸다. 우주 시대가 도래했다고 하나, 성난 바다와 소용돌이치는 바람, 기근 한 번을 어찌하지 못한다.

'그래그 브래든'은 비오기를 기도하는 인디언 친구 '데이비드'가 기도에 임하는 자세가 어찌 간절하고 진지하던지 그 자체가 기도더라고 하면서, 기도를 마친 그에게 기도 내용을 물었다. 그런데 비를 내려달라 기도하지 않았다고 뜻밖의 대답을 했다. 어렸을 때 그의 조상들이 가르쳐준 기도의 비밀 요체는, 다름 아닌 감사란다. 먼저, 현재와 과거의 모든 상황들에 대한 감사기도를 했단다. 황무지 바람도, 뜨거운 사막의 열기도, 심지어 가뭄까지도 감사를 드렸단다. 그가 한 일 은 오직 그뿐이었단다.

감사! 가슴이 찡하다. 감사할 줄 모르는 사람들과 감사하는 사람들, 기막히게 불행한 과거를 살았고 그다지 나아지지 않은 현재를 살고 있음에도 그들은 비를 달라기 전 감사를 한단다.

황무지의 바람과 뜨거운 사막의 열기와 가뭄까지도…. 문명국민이라 자부하는 우린 과거에 비하여 엄청난 풍요를 누리며 살지만 비를 달라, 바이러스를 퇴치해 달라, 달라고만 한다. 우리에 양 떼가 없고 외양간에 소가 없어도, 그럼에도 불구하고 먼저 감사기도를 한다는데, 우리는 그저 해결해 달라고만 한다.

그리고 서로 원망한다. 인간의 힘으로 어쩌지 못하는 인내심을 시험하는 가뭄, 형체를 볼 수도 잡히지도 않는 바이러스와 전쟁, 갈증과 두려움에 떨다 힘이 소진하자 눈을 부릅뜨고 네 탓이라고 한다. 이런 시추에이션들 모두 시원치 않다.

그립다. 옷을 찢으며 통회하던 옛 지도자들이 그립다. 성경의 왕들은 나라가 위급할 때마다 재를 뒤집어쓰고 베옷을 입고 모두가 내 탓이라 통회했다. 그리고 금식하며 기도했다. 과학이니 미신이니 따지기 전, 각자 섬기는 신에게 금식하며 기도하는 정치지도자들이 몇이나 될까. 상식적으로는 있을 수 없는 미신이나 전통적 타성에 불과할 수도 있다. 그러나 카오스의 이론처럼, 민심을 가라앉히면서 서로 간의 공동체의식과 단결을 강화하고 모든 상황들에 감사의 기도를 드리는 나바호족들의 정서가 부럽기까지 하다. 이런 상황이 언제까지 이어질까. 이리도 길게 이어짐은 왜일까. 개인적으로도 국가적으로도 '왜?'라는 질문에 모두 겸허히 엎드려야 한다.

그 한 사람

'도대체 이모임에 계속 나와야 할 의미가 있나?'

누구나 이런 고민 한 번쯤 해 보았을 거다. 그런데, 구성원이 되어 함께 올 수 있었던 건 그 한 사람이 있어서였고, 그 구성원 모두와 헤어지는 걸 감수하면서까지 이탈하는 경우도 어느 한 사람 때문인 경우가 허다하다. 한 사람의 이미지가 공동체 분위기를 좌우하여 전 구성원 격格으로 느껴질 수 있다. 한 사람 때문에 사람이 들어가기도 하고 나오기도 하니, 누구를 대하든 가장 아끼는 소중한 사람을 대하듯 해야 하는 이유가 바로 여기 있다.

좋은 감정은 서로 교제하는 과정서 생장하고, 그 감정은 상대방에게 전해질 때 가치가 상승한다. 아무리 좋은 감정도 표현하지 않으면, 그것은 돛대 잃은 배처럼 표랑하며 겉돌다 지쳐 언젠가는 소멸된다. 선한 감정이 표현될 때 행동을 낳고 비로소 행복을 재생산한다. 혼자 간직하면 어찌 사람을 얻겠나. 인간관계에서의 조화와 질서를 자신의 규범으로 내화하는 수양을 완성했을 때 얻는 기쁨의 경지를 표현하고 행동하는 데 뜻을 두어야 한다.

'국격國格'이란 말을 쓴다. 어떻게 해야 나라의 격이 올라갈까. 올림픽 금메달 숫자를 추가시키고 아이돌 연예인들처럼 한류 열풍을 몰고 다니면 국격이 올라갈까. 인간의 한계를 초월한 피땀 흘린 노력의 결과로 거머쥔 영광은 국가 위상에 기여했음에도 눈에 안 보이면 금시 잊게 된다. 그러나 개개인이 외국인들과 교제하면서 진정성 있는 마음을 표현하고 행동하여 감동을 주면 그 울림은 오래간다. 그의 선한 행동이 그의 나라 국민 이미지로까지 각인된다면 국격 상승 가치는 금메달감일거다.

유학생들 간에 실제 있었던 일화를 소개한다. 영국 학생과 한국 학생은 성적 라이벌 관계였다. 그런데 한국인 학생이 늘 일등을 하고 영국 학생은 이등이었다. 한번은 중요한 시험을 앞두고 우리 학생이 교통사고로 입원하자, 이번만큼은 영국 학생이 일등할 거라고 주변사람들이 예측했단다. 하지만, 결과는 강의를 전혀 듣지 못한 우리나라 학생이 또 일등을 했다. 알고 보니, 영국학생이 병원을 찾아가 모든 강의 필기노트를 보여주었단다. 영국 신사란 수식어와 함께 그 한 사람 인품이 영국 국민 전체 인품처럼 다가왔던 기억이 있다. 인격만은 일등인 영국민의

격格을 드러낸 미담이다.

어느 지역을 방문했을 때 경험한 일이다. 목적지에 다 왔다고 내비게이션은 안내를 중지했는데 건물이 없는 들판이다. 마침 지나가는 남성이 있어 길을 물었다. 그는 볼펜과 메모지에 약도를 그려가며 얼마나 친절하게 설명을 하는지 목적지를 쉽게 찾아갈 수 있었다. 가슴이 훈훈했다. 그 한 사람으로 인하여 일을 마치는 내내 그 지역 사람들이 좋았던 기억이 있다. 여행가 '한비야' 씨는 여행 중에 만난 그 한 사람 때문에 그 나라가 좋아지기도 하고 싫어지기도 하더라는 말을 했다. 어찌 한 사람을 보고 그 나라 전 국민 인품을 단정 짓느냐, 이런 사람도 있고 저런 사람도 있지 않느냐 할 수 있지만, 처음 만난 그 한 사람이 오래까지 그 나라 사람들의 품격이나 이미지로 남더라는 말에 동의한다. 바람이 깊다. 찬바람이 몸을 파고드는 이 계절에, 공동체 격이나 나라 격을 올리는 따뜻한 그 한 사람이 나이기를 기도한다.

삶은
음악처럼…

쓸쓸한 겨울 바다의 차가운 일렁거림 속에서
거부할 수 없는 역사의 실체와 잠시 조우했다.

선물 이야기 1

신비가 밀려오고 감동이 동동 떠다니던 유년 시절의 성탄절이 그립다. 성탄절이 되면 크리스마스 날 하얀 눈이 소록소록 내리게 해 달라는, 솜사탕 같은 소망을 하늘로 올려 보내곤 했었다. 크리스마스이브가 되면 기도 응답이라도 된 것처럼 동전만 한 눈이 펑펑 쏟아지며 온 세상을 하얗게 덮을 때가 많았다.

산타는 오지 않았지만, 행여나 하고 기다리다 잠이 들곤 했었다. 지어낸 이야기라고 말하는 아이들이 있었지만, 산타의 존재를 포기하진 않았다. 산타가 안 온 것은 선물 받을 준비가 덜 된 나의 문제로 생각했다. 착하고 선함이 경지에 도달하면 동화처럼 언젠가는 행운처럼 산타는 내게 올 거라 믿었다.

예배당에 가면 형상화한 산타가 있었다. 사슴 썰매는 없었지만 하얀 수염을 달고 산타 의상을 차려입고서 선물 꾸러미를 메고 어슬렁어슬렁 쿵쿵 땅을 구르며 등장하면 우리는 환호했다.

멀리서 썰매 타고 밤새 달려왔더니 힘이 든다고 능청스럽게 성대모사를 하면서, '착한 아이가 어디 있나…' 하고 휘 둘러보면 '혹시 나를?' 하고 긴장했었다. 분장이 어설프다 보니 연필 한 자루씩 나눠 주는 그가 교회 청년인 것을 바로 들켰지만 속아 주면서 우리는 행복해했다.

성탄 이브의 꽃은 선물 교환 시간, 어설픈 연기를 하며 축하 발표회를 마치면 학생부, 청년부 각각 부서별로 선물 교환을 하면서 이브축제가 이어진다. 선물을 교환하는 방법에는 흥미로운 규칙이 있다. 본인이 준비한 선물이 누구에게 가는지는 알지만 받은 선물이 누구로부터 왔는지는 모르게 진행한다.

당시엔 좋아하는 사람에게 손뜨개질한 벙어리장갑이나 목도리를 선물하는 것이 유행이었다. 그해 겨울, 나는 선물 교환을 하려고 정성 들여 손뜨개질한 목도리를 포장해서 가지고 갔다. 드디어 선물 교환 시간이 됐다. 내가 준비한 선물이 누구에게로 갈까 하는 관심이 내게 오는 선물보다 훨씬 컸다.

내가 짠 목도리를 누군가가 두르고 다니는 것을 바라보는 일은 남의 행복을 몰래 훔쳐보는 기쁨이었다. 그날 선물 교환을 할 때, 내가 짠 목도리는 주고 싶었던 사람이 아닌, 후배 남자 청년에게로 갔다. 그런데 목도리를 받은 후배가 선물한 사람이 누군지 누나가 알아봐 달라고 내게 부탁하는 것이 아닌가.

자기 또래 여자 청년이 준 선물이거나, 자기가 좋아하는 여자애가 주었기를 은근히 바라는 그의 소원의 마음이 보였다. 나는 후배 여자 청년 이름을 몇 명 거론하면서 '요즘 그 애들이 뜨개질 배운다고 털실 사러 몰려다니는 것을 본 적은 있지만 누가 목도리를 짜서 선물로 가져왔는지 정확히는 모르겠는데?' 하고 하얀 거짓말을 했다.

그는 입대할 때까지 그 목도리를 열심히 두르고 교회에 다녔다. 선물을 준 사람이 나라는 걸 알았는지 몰랐는지 알 수는 없다. 어쩌면 알고 난 뒤에 은근히 기대했던 여자청년이 아니라 실망했는지도 모른다.

하지만, 선물 교환 이후 그는 내가 거명한 여자 후배들에게 눈에 띄게 접근하여 한동안 친밀하게 지냈었다. 베이지색 목도리를 목에 두르고 교회에 들어서면서 환하게 웃던 그 후배가 눈에 선하다.

당시엔 며칠 전부터 밤을 새워 가며 성탄카드를 수십 장씩 만들었다. 켄트지를 손바닥 크기로 둥글게 오려 가장자리에 톱니 모양 칼집을 내서 오렸다. 가는 오색실을 뾰족한 톱니에 각으로 걸어 한 칸씩 시계 방향으로 옮겨가며 빙 돌며 감으면 예쁜 모양이 된다. 촘촘한 색실과 색채에 촘촘히 마음을 담아 카드를 만드노라면 진실이 꽃물처럼 물들었다.

제일 잘 만들어진 카드는 당연히 펜팔하는 그에게 보냈다. 내가 첫사랑이라고 부르는 미지의 그는 제일 잘 만들어진 카드의 주인이 됐었다. 속지 글씨가 삐딱하면 다시 쓰는 작업을 반복했다. 버선 모양의 켄트지를 열두 장 오려서 달력을 만들 때, 작은 창문 밖에는 무향 무취 설화가 조용히 내리고 있었다.

선물 이야기 2

첫사랑을 보내버린 상처가 아물면서, 웅크리고 들어앉아 있던 동굴에서 빠져나왔다. 아픈 만큼 성숙한다는 통념의 말이 진리였다. 드디어 세상이 다시 아름답게 보이기 시작했다. 작은 물결을 큰 물결이 밀려와 덮듯, 감정 또한 그리 덮으며 그 무렵 한 남자가 내게 들어왔다. 볼 수도 없고, 잡히지도 않았던 펜팔 상대같이 온 것이 아닌, 그는 내 눈앞에 실물로 나타났다.

그에겐 나를 알기 전에 교제하던 여성이 있었다. 어찌하다 그들이 이별하게 된 내막을 알게 되었다. 그가 내게 다가올 때 그 일을 알고 있는지라 기분이 내키지 않았었다. 하지만, 그녀와는 가벼운 만남이었고, 완전히 정리했다고 꾸준히 설득하자 마음이 열리게 되면서 사랑에 빠졌다. 열애를 시작하고 처음 맞는 크리스마스이브에 그에게 주려고 털실로 조끼를 짜기 시작했다.

그를 생각하면서 한 올 한 올 뜨개질을 하는 기쁨은 비길 수 없는 행복이었다. 드디어 완성된 검정색 조끼를 가지고 나갔다. 그런데 그가 회색 털실로 짠 조끼를 입고 나온 것이다. 나는 전에 교제하던 여성이 짜준 것이라는 걸 직감했다. 그날 가지고 나간 조끼를 보여 주지도 않고 말문을 닫고 들어와 버렸다.

그날 밤엔, 싸락눈이 밤새도록 쓰리게도 내렸다. 여러 날 동안 그를 만나주지 않고 그의 애를 태우며 헤어질 생각까지 했다.

잠을 설치며 며칠 고민하다 그를 놓칠 수는 없다는 결론에 이르자 다시 만났다. 그런데 눈치 없이 그 조끼를 또 입고 나온 게 아닌가? 다시 입을 닫을까 하다 나의 심경을 말했다. 그는 놀라면서 그간 주고받은 편지는 모두 태웠지만, 조끼는 날씨가 너무 추워 입은 것일 뿐이라 말했다. 그 때문에 기분 나빴다면 다시는 입지 않겠노라 하더니 당장 벗으면서 쓰레기통을 찾는 거다.

아까운 옷을 왜 버리느냐고 나는 다시 화를 냈다. 그는 어쩌란 말이냐고 당황해 하고, 옷이 문제가 아니고 그 조끼를 간직하고자 했던 마음이 문제라고 하면서 싸운 기억이 있다. 결국 그 조끼는 내가 가져다가 이웃집 아저씨 입으시라고 드리고 내가 짠 검정색 조끼를 입혔다. 이젠 그때 이야기를 아무렇지 않게 남편과 이야기한다. 남편이 옛 애인에게 선물 받은 조끼를 단번에 알아본 나의 직감력을 자랑까지 하며 말한다.

기함을 토하게 잘 만들어진 전자카드가 오늘도 스마트폰으로 여러 통 도착했다. 보내준 이들에게 감사한 마음으로 읽어 가노라니 시대의 격세지감隔世之感을 느낀다. 오늘따라 그 시절이 몹시 그립다. 앨범을 꺼냈다. 빛바랜 사진첩 속에서 그 시절에 활동했던 모습들을 보며 애상감에 빠진다. 싱그러웠던 젊은 날들은 세월의 손가락 사이로 빠져나가 멀리 가 버리고…. 영롱한 기억들만 선명한 물빛처럼 함함하다.

정서의 냉각이라도 생긴 건가. 성탄절이 와도 요즘 나는 카드 한 장 만들어 보내지 않고 지난다. 성탄절을 가만히 생각한다는 것만으로도 행복했던 그 감정은 하늘을 나는 숭고함 같은 것이요, 인간 세상의 영위와 비교할 수 없는 순수였다. 세상은 온통 신비였고 가랑잎만 떨어져도 슬퍼했었는데, 만물은 신들로 가득 찼다고 말한 철학자의 말처럼, 그 시절엔 스쳐 닿는 모든 것들을 신을 대하는 것처럼 정성스럽게 대했었는데….

눈이 내린다. 눈은 세상을 고요로 채우며 삼라만상森羅萬象 위에 두루 뿌린다. 내 젊었던 날들의 아름다웠던 우리 몸짓들이 나폴나폴 추억으로 날린다. 성탄의 계절마다 선물처럼 내려오는 설탕 같은 눈은 해마다 내려오건만 눈부셨던 그 시절은 다시 오지 않는다.

우리 모습은 변해 가고, 아름다운 육각형 눈은 청청한 진심처럼 간절함을 담고 여전히 변함이 없다. 먼 별 끝에서부터 잠시 세상에 불려나온 선물, 편편히 내리는 눈은 불시에 찾아와 짧게 머무르고 달아나는 행복처럼 머잖아 해 아래 녹아 없어지겠지. 마음까지 하얗게 젖어들며 손뜨개질하던 옛날이 그립다.

그 섬에서 있었던 일

  겨울에 찾아간 '무의도' 해변은 한산했다. 검게 드러난 갯벌은 소중한 바다의 생명들을 품고 오밀조밀 꿈틀거리고 있었다. 갯벌 너머로 저녁 햇살에 잠긴 바다색이 검다. 내륙에서 자란 나는 바다가 검을 수도 있다는 걸 그날 알았다. 일정한 간격을 두고 부는 쌀쌀한 해풍에 옷깃을 여미면서 걸었다.

  무의도 해변에서 서쪽을 보니 동그란 섬 실미도가 저만치에서 겨울 풍경에 조용히 젖어 있다. 마침 물때가 실미도로 걸어가도록 바다 가운데 길쭉하게 길이 났다. 어림잡아 2~3km쯤 되지 싶다. 큼직큼직한 돌 징검다리를 폴짝폴짝 밟아 가르마처럼 하얀 바닷길로 올라서 우린 '실미도'를 향하여 걸어갔다.

  이데올로기로 남북이 첨예하게 대립하던 시절에 역사에 오점을 남긴, 숨겨진 이야기로 영화를 만들어 세상에 내놓자 천만 명이 넘는 관객을 동원하면서 유명해진 섬이다. 바다가 품고 침묵했던 그 섬에서 있었던 일을 각색한 영화를 보며 요술 지우개

149

가 있다면 지우고 싶은 마음이었다. 쓸쓸한 겨울 바다의 차가운 일렁거림 속에서 거부할 수 없는 역사의 실체와 잠시 조우했다.

바닷길에 들어서니, 영화의 한 장면이 떠올랐다. 헤적이는 잔물결 너머로 탈출하던 특수부대원들의 비틀거리는 몸짓들이 저녁 햇살에 투영되어 허상으로 흩어진다. 신기루처럼 사라지고 말 약속을 믿고 당시 실미도로 갔던 사람들이 가엾다. 정치라는 그 잔인함의 덧없음과 소통의 부재가 그들을 격동시켰고, 급기야 버스를 탈취해 자폭하기에 이르렀다. 있지도 않을 미래에 인생을 걸고 그 섬에서 고투의 악력을 견디며 짧게 살고 간 그들 삶이 가여워 가슴이 아리다.

바닷새 한 마리가 수면을 치고 올라간다. 눈앞에 펼쳐지는 저녁 바다의 일몰에 매료되어 우울한 역사 이야기는 그만 떨쳐버리고 현실로 돌아왔다. 낙조가 시작되어 반짝거리는 금물결에 취하고, 갯벌을 품고 흐르는 거무스름한 바닷물빛에 반하여 걸었다. 잠시 뒤 일어날 소동은 모른 채…. 평온하게 바닷길의 낭만을 즐기면서 걸었다. 언제나 그랬었다. 백화점이 무너지기 직전에도 대교가 동강나기 전까지도 사람들의 일상은 평온했었다.

중간 지점쯤 갔는데, 바다가 내놓은 해산물 채취 바구니를 둘러멘 아주머니가 잰걸음으로 우리를 향해 마주 나온다.

"빨리들 나가요. 물이 들어와요.…"

걷고 있는 길을 내려다보니 물기는커녕 흙이 보송보송한 뽀얀 신작로인데 물이 들어온다니 실감이 나지 않았다. 언제 다시 올지 모르는데 빤히 보이는 섬을 밟아 보고라도 왔으면 하는 아쉬움이 컸다. 하지만 현지 주민의 말에 귀를 기울여야 함이 마땅하기에 지척에 '실미도'를 두고 우린 발길을 돌렸다.

젊은 연인 커플이 그제사 섬을 향하여 들어온다. 물이 들어온다 해서 우리는 나가는 중이라고 했더니 저 끝까지 다녀오는 동안엔 문제없을 거라면서 우릴 지나쳐 들어간다. 위험하다고 한 번 더 권했지만 듣지 않았다. 또 한 번 강하게 권했지만 웃으면서 간다. 예사로 듣지 말라고 해도 그들은 들어갔다.

해변으로 나오니 들어갈 때 밟고 건넜던 큼직한 돌다리들이 신발이 젖을 정도로 물에 잠겨 찰랑거린다. 물길이 섬 양쪽으로 휘돌아 들어오는 지형적 영향으로 물은 밖에서부터 차들고 있었다. 심상치 않음을 느끼고 그들을 향하여 빨리 나오라고 소리쳤다. 초소에서 속히 뛰어나오라고 다급하게 방송을 하자 그제야 두 사람은 저만치서 혼신을 다하여 뛰어나온다. 그러나 이미 늦었다. 마음만 급할 뿐 그들과 육지와의 거리는 쉽게 좁혀지지

151

않았다.

물길은 빠르게 돌다리를 덮으며 그들은 바다에 갇히고 말았다. 하얗던 신작로가 삽시간에 바다로 변해버렸다. 물살은 금시 그들의 무릎을 적시고 허리까지 찼다. 남자가 여자를 업고 몇 차례 넘겨졌다 일어섰다 반복하며 기신기신 올라와 다행히 목숨을 건졌지만 엄동설한에 물에 빠진 모습이라니….

사람들은 보이는 현상만 믿고 판단한다. 사람을 통해서든 자연현상을 통해서든 경고하는 소리에 귀를 기울여야 하거늘…. 눈앞에 웅덩이를 뻔히 보고도 걸어 들어가 빠지는 것이 인간의 속성이다. 타인들의 말에 귀 기울이는 것이 겸손이라는 것을 그날 그 섬에서 깨달았다.

곡괭이

　척박한 사막에 고시의 씨앗을 심고 또 심는 아들에게 따뜻한 밥 한 그릇 사 먹이자고 상경했다. 관악구 신림동 1556-5번지, 아이가 기숙하는 고시촌의 주소다. 어슴푸레한 초저녁 가로등 불빛을 등에 업고 마중 나온 아들이, 차가운 도시의 겨울 한복판에 서 있다. 침대 하나와 벽에 걸린 옷가지, 책상 위의 노트북과 두꺼운 책들이 살림의 전부다. 세 식구가 오종종 방 안에 들어앉았다. 절하는 아들 머리가 윗도리를 건드린다. 얼음조각으로 찌른 듯 가슴이 아리다.

　같은 우물 속을 종일 오르내리는 두레박처럼 좁고 지루한 곳에서 시간을 감내하는 아들의 젊은 날이 아프다. 낙방하고 도전하는 일을 반복하는 아이가 안쓰럽다. 식당에서 고기를 구워 아들 앞에 자꾸 쌓는다. 미처 먹어치우지 못하는 아들의 식사 속도와 구운 고기를 들이미는 부모의 성급함이 젓가락에 부딪힌다. 밥 한 끼 먹는데도 기다리지 못하고 고기를 쌓으며 마음이 앞서간다.

 뼈를 깎는 노력 끝에 합격선에 근접하게 얻은 점수를 끌어안고, 가슴 졸이며 기다린 결과는 상상을 초월하는 경쟁 바람이 번번이 휩쓸고 가버렸다. 유래 없는 공무원 대란이라는 기막힌 시절을 만나, 현실이 내 아들에게 야박하게도 군다. 노력한 만큼 성공을 거두는 것이라고, 최선을 다하면 꿈이 이루어지는 것이라고 말해 주기엔 세상을 너무 많이 알아버렸다. 고시촌에 뿌린 젊은 날의 시간들이 아까워 포기하지 못하는 아들에게 무슨 말을 해주어야 하나.

 생물 하나 살지 못하는 죽음의 땅 불모지 사막에 나무 씨앗을 뿌리는 한 여인이 있었다. 아무런 쓸모가 없다고 모두들 외면한 땅에, 그 여인은 가느다란 나무뿌리들을 모래에 묻고 긴긴 세월 동안 정성껏 돌보았다. 애써 심은 나무들을 수시로 부는 회오리 바람이 번번이 뽑아가도 굴하지 않고, 씨앗을 뿌리고 또 뿌리다 보니 어딘가에 자리 잡은 나무들이 기적처럼 늘어나기 시작했다.

 어느 날, 몇 날이 가도 사람 구경을 못하는 외로운 광야에서 모래 위에 찍힌 구두 발자국 하나를 발견했다. 사람이 너무도 그리웠던 여인은 그 발자국이 바람에 쓸려 사라질까봐 세숫대

야로 고이 덮어 둔다. 그러나 그 대야마저도 야속한 광야의 바람이 휩쓸고 가버렸다. 부질없는 짓은 아닐까 하고, 낙심되고 외로울수록 그녀는 어린 나무에게 집중했다. 양동이로 물을 날라다 주기를 반복한 세월이 이십 년, 지금은 여의도 여덟 배 되는 넓이에 숲이 무성하단다.

넓고 쉬운 많은 길도 있건만, 신도 포기할 것 같은 거칠고 험한 고시의 광야에서 땅을 파는 아들이 안쓰럽다. 사막에서 꽃을 피워 내는 기적을 어리석게 기대하는 건 아닐까. 몇 번 도전해 보고 안 되면 다른 길로 가라고 권면할 걸 그랬나. 한 해 두 해 낙방하다 되돌아가는 길마저 잃어버리면 어찌하나. 엄마이니 용기백배해야 함에도 낮과 밤이 바뀌어 엉켜버린 듯 평안을 잃어버린다.

돌아가신 친정아버지는 한 우물을 파라고 말씀하셨다. 우물을 파다가 작은 물방울만 비쳐도 그 밑에 흐르는 파란 수맥을 기대하라고 말씀하셨다. 내 아이가 심은 씨앗은 언제쯤 열매를 맺을까. 나무가 뿌리를 내리고 수맥까지 이르려면 얼마나 더 갈증으로 목이 타야 할까. 그것은 환상이 아닌 너무도 절실한 간절함이고, 내 아이가 곡괭이를 든 손을 놓지 못하는 이유이기도 하다.

처절한 절규와 고통으로 우물을 파고 파도 아들이 찍은 곡괭이에선 좀체 물줄기를 발견하지 못했다. 긴 광야를 수년간 지나오면서 뿌린 씨앗들은 물줄기를 만나지 못해 터를 잡지 못하고 비와 바람이 몇 차례 휩쓸어 갔다. 너구리가 파먹어버려도, 또다시 희망 한 포기 심고 눈물을 물 삼아 주었다.

아들은 좌절을 넘고 넘어 드디어 기다림이란 긴 모래 언덕을 지났다. 바람에 날아간 씨앗들 중 하나가 어딘가의 새로운 땅에 뿌리를 내린 거다. 생각지도 않았던 생소한 땅에 터를 잡고 힘써 밀어올린 새순이 마침내 꽃을 피웠다. 아들은 훈련을 견디고, 마음에 드는 직장 주심에 감사하며 즐겁게 근무한다.

산다는 건 사막과 같은 여정에 한 그루 꿈나무 씨앗을 뿌리는 것, 광야를 홀로 헤치고 가는 지루한 설움 같은 것이다.

은행나무

가을이 깊어간다. 거리마다 심겨진 은행나무들 위로 가을이 노랗게 내려앉았다. 도시는 온통 황금빛으로 물들었다. 삽상한 바람이 불어와 길바닥에 온통 샛노란 주단을 깔며 사람들 마음을 보통 심란하게 하는 것이 아니다. 팔랑팔랑 낙화하는 은행이 파리는 공연히 지나는 이들의 마음을 싱숭생숭하게 한다.

노랗게 물든 은행잎 두어 장 주워 책갈피에 끼워두던 기억들이 새롭다. 바바리 깃을 세우고 무수한 황엽들을 밟고 걷노라면, 저마다 간직한 풋풋한 첫사랑의 그리움이나 고운 추억 한 가지씩이 떠오르면서 너나할 것 없이 가슴에 불이 붙으니, 은행나무는 사위어 가는 가슴에 찬란한 불을 붙이는 황금 불씨다.

'잘 익은 은행잎 하나는 신용 좋은 은행처럼 부자로라. 일 년 내내 나무가 착실하게 부어 온 적립금같다' 고 노래한 시 한 구절이 생각난다. 황금빛 이파리를 찰랑이며 가지가 늘어지도록 은행 알까지 달고 있는 울창한 은행나무 앞에 서면 얇은 내 삶이 부끄러워진다. 시인의 말처럼 은행나무는 부자 같다.

통념의 눈으로 보면 무성한 은행나무가 자연으로 얻어진 것이라 생각하기 쉬우나, 저 많은 황엽들을 보고 감상에만 젖기엔 나무가 주는 교훈들이 많다. 그것은 온몸으로 생生에 투신한 자가 어렵사리 얻어낸 생生의 득의요, 완성이랄 수 있으리라. 봄날 연약한 잎으로 나와 여름의 녹엽을 거쳐 가을의 황엽에 이르기까지 그들에게 닥친 삶의 환란이 어디 한둘이었겠는가. 벌레와 폭풍과 가뭄과 큰비를 이기어내고 마침내 찰찰 춤추는 나무에게서 특별한 생生의 여유를 본다. 저들이야말로 본받아야 할 삶의 본보기가 아닐지 싶다.

시골집 마당에 은행나무 암나무 한 그루와 저만치 수나무가 마주보고 있다. 수나무와 암나무가 서로 바라보고 있어야 열매가 더 많이 달린다더니, 수나무가 정기를 보내주어서일까. 암나무는 사십여 년을 두고 한 해도 거르지 않고 은행을 몇 말씩 쏟아놓는다. 저들은 금실이 좋은 부부 나무가 틀림없어 보인다.

바람이 쌉쌀하게 부는 가을날이면 시골집 마당에 온통 황금 주단을 깐다. 은행나무는 올해도 어김없이 은행을 풍성하게 쏟아냈다. 동네마다 연못가에 은행나무가 심어진 것을 종종 보는데, 물속에 비친 자기 그림자하고 정을 나누기도 한다는 말을 어른들이 하는 걸 보면, 은행나무는 연애를 좋아하는가 보다.

어머님께선 굽은 허리로 한 알 한 알 은행을 주워 비료부대에 담아 숙성시킨 뒤, 그늘에서 말려 깨끗하게 헹구신다. 퇴방에 들어서니 돗자리에 탱글탱글한 은행알들이 수북이 쌓여 저마다의 이야기를 가지고 있는 듯 반짝거린다.

은행나무에 대한 어머님 마음은 각별했다. 장남인 남편이 어린 묘목을 심은 거라 대견하다 하셨다.

"은행나무를 보면 아들을 보는 것처럼 든든해서 좋다. 나무 한 번씩 만져보면서 잘 살 것이니 염려 말아라."

아버님이 돌아가시자 시골집에서 어머님 혼자 생활하실 것을 염려하는 우리에게 하셨던 말씀이다.

그런데 몇 해 전부터 은행나무에 대한 어머님 마음이 변했다. 아니, 어머니가 많이 쇠약해지셨다. 은행 알이 너무 많이 달려 성가시다고 하시는 거다. 가로수 등으로 은행나무가 부쩍 늘어난 탓에 은행 값이 없어져 버려서 줍는 즐거움은 없고 힘만 드신다고 말씀하신다. 사람들에게 그냥 주워가라 해도 관심이 없으니, 열매는 달리지 말고 이파리만 달리면 좋겠다는 말씀도 하신다.

객지 나가 사는 자식들의 배웅과 마중을 지켜본 은행나무는 세월이 가도 변하지 않고 충실하건만, 어머님 건강상태는 한 해 한 해 달라지신다. 세월이 갈수록 더욱 무성해지는 은행나무가 부럽다. 오늘도 어머님은 등 굽은 허리를 은행나무 아래 기대어서 우리 차가 동구 밖을 돌 때까지 손을 흔드셨다.

삶은
음악처럼…

하늘이 가진 것이 별이라면 인간이 가진 것은 추억이라고 했던가.

마두금馬頭琴 소리

유목민들의 삶을 보여주는 다큐멘터리 한 장면에 시선이 머물렀다. 파란 하늘을 배경으로 드넓은 몽골 광야에서 한 남자가 마두금馬頭琴을 켜고 있다. 관중은 결 고운 진갈색 털을 가진 말 한 마리와 말 주인 단둘뿐이다.

어떤 이유인지 몰라도 극심한 스트레스로 단단히 화가 난 어미 말이 새끼에게 젖을 물리지 않아 새끼가 위험에 처하게 되면, 마두금 연주자를 불러 말에게 음악을 들려주면서 심사를 달랜다고 설명한다. 말이 음악을? 의아하면서도, 이색적인 장면에 대한 기대로 TV채널을 고정시켰다.

두 손을 모은 말 주인 표정이 하도 간절하여 기도하는 자세 같기도 하고 경건한 의식행위 같기도 하다. 그러나 말은 왕방울 만 한 눈만 끔벅일 뿐 표정이 없다. 그럼 그렇지, 어떻게 동물인 말이 음악을 듣고 감정의 변화를 일으켜 새끼를 잘 돌볼 수가 있단 말인가. 어릴 적에, 새끼를 낳은 어미 소가 제 새끼를 발로

165

차며 가까이 오지 못하게 한다고 어른들이 걱정하는 걸 들어보긴 했지만, 음악으로 달래는 건 본 적이 없잖은가?

마두금이 운다…. 끊어질 듯 이어질 듯 애잔하게 흐르는 소리, 바람을 동반한 거대한 동물의 울음소리인가 했더니 이내 구슬프고 처량한 선율로 바뀌곤 한다. 나는 점점 마두금 선율에 매료되어 갔다. 이 감정은 무얼까. 알 수 없는 슬픔 같은 것이 내 안에서 일렁인다. 말은 요동도 않는데 나는 어느새 소리에 빠져들고 말았다. 천상의 소리라고나 할까. 여러 현악기를 뭉쳐 놓은 소리 같기도 하고, 우리 전통 악기인 해금 소리를 닮은 것 같기도 하고, 사람 음성과 비슷하다는 첼로 소리 같기도 했다.

연주는 점점 무르익어 가고…. 어느 정도의 시간이 흐르건만 말은 아직 미동도 않는다. 말을 감동시키려면 얼마큼의 시간이 지나야 할까. 저 연주자가 헛수고를 하는 건 아닐까…. 이번엔 기도하듯 서 있던 주인이 말에게 다가간다. 그리고는 두 손으로 말의 머리부터 젖무덤까지 천천히 쓰다듬기 시작했다. 흐느끼는 음악처럼…. 소중한 이를 애무하듯 부드럽게…. 부드럽게…. 움직이는 손끝 따라 음악도 흐른다. 신전의식이다.

세상에! 드디어, 카메라 렌즈가 흔들리는 말의 표정을 잡았다. 말의 얼굴 근육이 움직이는가 했더니 커다란 눈을 두어 번 끔벅였다. 그리고 이내 두 눈에서 눈물이 주르르 흐르는 게 아닌가…. 말이 운다…. 조용하게…. 처절하게 토해내는 깊고 진한 울음이다. 마두금도 울고, 악사도 울고 주인도 운다. 그렇게 얼마간 말은 눈물을 주룩주룩 흘렸다. 나도 흐르는 눈물을 주체할 수 없었다.

잠시 뒤, 말은 긴 목을 좌우로 몇 차례 흔들며 큰소리를 발하더니 몸을 공중으로 높이 날려 제자리 뛰기를 했다. 그리고 며칠 뒤, 몰라볼 정도로 살이 통통하게 오른 새끼와 어미가 몽골 초원을 뛰논다. 해 질 녘 말 가족이 우리를 향하여 행진하는 행렬은 감동의 드라마였다.

화면을 지켜보는 내내 휭휭 바람소리가 나던 그 아이가 생각났다. 부모의 부재로 팔순 노모 손에 자란 그 아이는 당시 중학교 2학년이었다. 그러다 정신지체자인 삼촌의 매질을 견디지 못해 가출을 밥 먹듯 하며 비슷한 환경의 아이들과 빈집으로 몰려다니다가 교회를 찾아왔다. 부모조차 포기한 아이들을 교회에서 지도한다는 것은 참으로 어려운 일이었다. 그저 아이들 이름을 부르며 기도하는 일과 만날 때마다 따뜻한 밥이라도 걷어 먹이는 정도였다.

무심천에 벚꽃이 흐드러지던 그해 봄, 주일 오전 예배가 다 끝나가도록 그 아이는 나타나지 않았다. 흔한 핸드폰조차 없는 그 아이와 연락하는 방법은 함께 몰려다니던 아이들을 통해야만 알 수 있었다. 몇 명의 아이들에게 안부를 물을 때마다 그저께 본 것이 마지막이라는 대답들만 돌아왔다. 그리고 그날 저녁…. 한 장례식장의 영정사진 속에서 그 애를 보아야 했다. 간밤에 오토바이를 타고 질주하다 사고를 당한 것이다.

무엇을 찾아 밤을 지새우면서 헤맸을까. 그 아이 심사를 안정시켜 잠재우는 건 사랑과 돌봄인 것을…. 정을 담아 쓰다듬으면 동물도 감동하는 것을…. 의지할 곳 없는 빈 가슴으로 길 위를 헤매다가 죽어간 그 아이가 불쌍하다. 아이 영정을 끌어안고 한 앳된 여자가 몸부림친다. 그 애를 낳고 돌보지 못한 죄인이 살아서 무엇하느냐면서 오열한다. 들먹이는 그녀의 어깨를 가만히 안아 주었더니 내 쪽으로 쓰러지며 통곡한다.

그녀는 미혼모로 아이를 낳았다고 했다. 무능한 남편, 기막히게 가난한 환경에 정신지체 시동생과 노모를 감당할 수 없었다고 흐느꼈다. 세상에서 외롭지 않은 이 누가 있겠나. 마두금 소리는 그녀에게도 필요했는지 모른다.

그 아이가 떠나고 난 뒤, 어른들은 각자의 위치에서 반성하며 울고 울었다. 나도 그 아이를 더 자주 쓰다듬지 못한 것을 후회

하면서 울었다.

　말없이 쓰다듬는 손길, 혼을 적시는 소리, 영혼을 만지는 손을 가진 사람…. 벼랑 끝에 선 이를 잠재우는 마두금 소리 같은 사람, 마두금 소리 같은 사람….

하얀 나라 그곳에서

한겨울에 오른 대관령 주능선 '선자령', 그곳은 하얀 눈 나라 였다. 생각만으로도 설렘직한 파란 잔디와 양떼 목장의 빼어난 풍경은 온데간데없이 사라지고, 또 다른 설국이 꿈속처럼 펼쳐져 있었다. 뾰족 날개 끝에 빨강 노랑 립스틱을 칠한 것 같은 풍력발전기들이 능선마다 무리지어 서 있다. 우뚝우뚝 서 있는 하얀 풍력발전기들이 설경과 어우러져 몹시 이국적이다. 끝없이 펼쳐지는 설원…. 듬성듬성 서서 천천히 돌아가는 바람개비들이 그림처럼 강렬하고 고혹적이다. 새의 날개처럼 선이 매끄럽고 부드러운 바람개비의 매력에 끌려 가까이 다가가니, 윙윙 울어대는 기세가 가히 창공을 뚫을 듯하다.

온통 하얀 눈으로 덮인 설원에서 희고 차가운 눈을 밟으면서 끝없이 걷는 일은, 추위를 핑계로 게을렀던 나를 깨우는 일이다. 눈 덮인 겨울 산을 오른다는 것은 생명과의 만남이다. 하얀 눈은, 그 아래 있는 생명들을 포근하게 감싸주는 재생의 모태이다. 만지면 손끝이 아린 차가운 눈이지만, 땅을 덮고 또 켜켜이 덮어서 그 아래 온갖 살아있는 것들을 품고 있다. 보이지는 않지만 눈 밑에 초목들은 결코 죽지 않고 겨울이라는 유한한 시간을 부지런히 살아 낼 것이다. 그리하여 봄이 되면 눈 덮인 땅속에서 꿈틀거리며 약동할 것이다.

우린 설국으로 걸어 들어갔다. 하얀 눈을 양쪽으로 높게 쌓아 길게 벽을 이루며 낸 길에 들어서니, 설원 가득 흩어지는 그리움들마저 하얀 기쁨이 된다. 저만치 언덕 위에 시간을 얼마쯤은 정지하고 싶은 내 마음처럼 풍력발전기가 날개를 멈추고 있다. 설벽 끝에 있는 암갈색 겨울나무 한 그루가 흰색과 대조를 이루면서 슬픔처럼 아름답다.

'동화 같은 하얀 나라에 갇혀 하룻밤쯤 있어 보았으면…이 순간만큼은 몸이 아닌 인생이 묶여 보았으면….' 하고 노래한 문정희 시인의 시처럼, 혼도 몸도 지금처럼만 깨끗할 수 있다면 세상일 잠시 잊고 확실한 핑계를 만들어 하루쯤 발이 묶여 보아도 좋을 것 같다고 생각했다.

"지정 코스만 트레킹하고 반드시 올라간 길로 되돌아 내려와야 합니다. …"

출발하기 전 산악대장이 설명했다.

"한번 간 길로 다시 내려오는 건 재미없는데…."

그와 나는 동시에 말했었다. 꿈같은 설국 풍경에 젖어 얼마쯤 걷고 걸었을까. 갈림길을 만났다. 왼쪽 길은 지정코스로 하산하는 길이고, 오른쪽 길은 코스를 늘이는 길이다. 앞서 걷던 그가 걸음을 멈추고 나를 바라보았고 나는 의미를 담아 고개를 끄덕였다. 산세가 험하지 않은 능선 하나를 더 돌고 내려오는데 동의하자 우린 지체 않고 오른쪽으로 발길을 돌렸다.

저만치 능선 위에 지정코스로 하산하는 인파 행렬이 길게 줄지은 개미 행렬을 연상케 한다. 그리움이 첩첩이 막혀 더는 갈 데 없는 곳까지 그는 가 볼 양인가 보다. 그의 발걸음이 빨라진다. 여럿이 가는 평범한 길을 두고 외진 능선 하나쯤 늘여 타고 싶었던 것은, 자연에 대한 오만과 객기라기보다는 스스로의 표정을 고집하고 싶음, 나답고 싶음이었다. 적어도 그 당시 심정은 그랬었다.

그런데, 갈림길에서 거리를 계산했던 그의 생각대로라면 동네가 보일만도 하건만 가도 가도 보이지 않는다. 이쯤에서 지정코스로 합류하자고 만류할 만도 하거늘, 나는 의지를 상실한 아이처럼 무작정 그의 뒤를 따라갔다. 멈춤을 인정하고 싶지 않은 치기와 무지가 우리를 그대로 진행하도록 했다. 급기야 길이 뚝 끊기고 말았다. 선택의 여지가 없다. 온 길로 되돌아가기엔 너무 멀다.

방법은 눈밭을 가로질러 건너가서 저만치 하산 행렬에 합류하는 것이다. 거리로 봐선 얼마 되지 않아 보여 우린 그 길을 택했다. 그러나 막상 눈밭에 들어서고 보니 그리 만만하지가 않았다. 그때부터 낭만은 두려움의 색채로 변했다. 두런거리며 지나가는 사람들의 목소리가 근처에서 들리는데도 스틱으로 땅을 디뎌도 되는지 일일이 확인하며 발자국을 떼다 보니 시간이 한없이 걸렸다.

우리는 허리까지 차오르는 눈 속에서 헤매면서 얼마나 잘못된 오판을 했는지 절절히 느꼈다. 자연에 대한 무지와 방심으로 코스를 이탈한 만용의 대가로 가슴 졸이며 고생해야 했다. 다행히 빠져나오긴 했지만, 그날 무지가 낳은 오만으로 치켜들었던 머리를 들지 못하고 기다린 일행들에게 사과해야 했다.

그날 강을 건널 때

피처럼 소중한 수많은 어린 생명들을 세월호가 앗아가 버린 날, 햇살은 야속하리만치 하얗게 터졌다. 들어와도 나가도 우울한 마음을 달랠 길 없어 인근 호수를 찾았다. 호수 바닥에 녹아 번지면서 산 그림자를 드리우고 있는, 봄 산이 풀어놓은 물감마저도 우울하게 보인다. 눈물이 난다. 다가오는 죽음의 그림자를 대하며 어린 아들딸들이 얼마나 무섭고 두려웠을까.

수면에 뿌리를 담근 물 버드나무들이 구름을 이고 급기야 수면 위로 처연히 누워버렸다. 봄 향기 싣고 실바람이 지나며 속삭여도 우울한 마음은 여전하다. 숨통을 옥죄며 애통하던 젊은 부모들의 몸부림…. 왜가리 한 마리가 돌며 꺼이꺼이 휘젓는 날갯짓에 울음이 탄다. 너무 아프다. 산 자들이 살아내야 할 눈 뜬 죽음의 날들을, 남은 시간들 어이 견디어 낼꼬. 수변을 빙 둘러 애잔하게 놓인, 진갈색 우드 길을 걸으며 죽음에 대한 생각을 해 본다.

죽는다는 것은 두렵다. 우리가 죽음을 두려워하는 것은, 한 번도 가 보지 않은 길이고 다시 돌아올 수 없어서일 게다. 죽음 그 후의 일을 확실하게 알 수 있다면 좋으련만…. 설령 지옥이라 해도 연습으로 경험해보고 돌아올 수만 있다면 두려움은 한결 줄어들 것이거늘…. 세상 어디에도 그 세계에 다녀온 이가 없고, 자비하신 하나님마저 그날의 시時와 때를 비밀에 부쳐 두시곤 언제인지 알려 하지 말라 했다.

시신을 만지며 애통한 적이 몇 번 있다. 친정 부모님과, 큰 오라버니와, 형부 시신이었다. 가족들의 시신을 만져보기 전까지는 시체에 대한 섬뜩한 이질감이 있었다. 그러나 가족이고 보니 이질감보다 슬픔으로 가슴이 무너졌었다. 하지만 혼이 떠나 숨 쉬지 않는 죽은 사람을 계속 끌어안고 살 수는 없다.

남편 시신을 칠년 간 집안에 두고 살았던 서울 방배동의 한 여자 약사가 있어 화제가 된 적이 있다. 죽음을 인정하고 싶지 않은 그녀 마음이 비정상적인 행동을 하게 했으리라. 약사의 지식과 솜씨로 매일 소독을 해서인지 시신의 부패 상태가 양호한 편이고, 거의 자연 미라에 가까웠다고 보도했다.

그러한들 무슨 소용이랴. 천지가 개벽을 하며 지축이 흔들리고 산이 변하여 바다가 되고, 들판의 바윗덩이들이 산 위로 옮

175

겨지는 일은 가능해도, 한번 죽은 사람은 다시 살아나 말을 하거나 웃지 못하니 이 얼마나 애통할 일인가.

우리는 변하지 않는 것, 굳건하고 안전한 것이 있다고 믿으면서 그것을 추구한다. 붕괴의 작은 조짐에도 안간힘을 쓰고 마음 졸이며 겨우 붙들어 매 한숨 돌리곤 그것이 영원할 것이라고 어리석은 착각을 한다.

사람들은 유리가 깨질 것 같은 얼음판 위를 걸으며 산다. 언젠가 들이닥칠 죽음의 그날과 시時는 모르지만, 그날을 향하여 뚜벅뚜벅 가고 있다. 죽음의 그림자는 밤에 도적처럼 불시에 찾아온다. 간혹 죽음을 예고하고 준비할 시간을 주는 이가 있으나 그리 많은 시간을 주진 않는다.

나에겐 어떤 죽음이 찾아올까. 내가 죽은 뒤 사람들이 나를 오래 기억해 주길 바랐던 적이 있었다. 그러나 수많은 어린 생명들의 참사를 보면서, 죽음은 나 혼자만의 일이 아닌, 남겨진 이들에게 더 큰 고통이라는 것을 깨닫는다. 나의 죽음이 남은 자들에게 지나친 애통과 슬픔이 되는 걸 원치 않는다.

백 살을 살아도 친밀한 정을 나눈 이와의 이별이 아쉬운 건 마찬가지려니, 남겨진 자들에게 상실의 고통을 최대한 줄여주는 죽음은 어떤 죽음일까. 시어머님은 저녁 잘 먹고 자는 듯이 죽고 싶다고 자주 말씀하신다. 그런 죽음은 죽는 자에겐 바람직할지 모르지만 가족들에겐 너무 당혹한 슬픔이지 싶다.

몇 개월 심히 앓다 죽는 죽음은 어떨까? 환자로 인해 가족들의 생활리듬이 깨지면 모두 지쳐서 이별을 받아들이기 쉬울 게 아닌가. 적당히 아파선 삶의 의지를 꺾을 인간이 없다. 그러나 눈 뜰 기력조차 없이 아프면 달라질 것 같다. 첨단 의술마저 두 손 들고 감당할 수 없게 고통이 심하면 삶에 대한 애착도 없어 세상을 포기하기 수월하지 않을까 싶다.

고인 물이 빠져 나가듯 먼저 온 자가 죽는 건 순리이건만, 인간의 속성은 순리를 거스르려고 온갖 수단을 동원한다. 하지만 모두 죽는다. 죽지 않는 지구야말로 저주 아닌가? 수백 살씩 차이 나는 사람들이 공존하는 지구, 생각만으로도 끔찍하다. 십년 차이만 나도 세대차를 느끼는데, 다섯 살 꼬마와 수천 살 노인이 사는 그런 세상이 있다면 대단히 혼란스러울 거다.

그날이 오면 무의식 상태에서 호스에 의지하여 근근이 삶을 연장하는 것이 아닌, 저무는 그날 마지막 시간까지 맑은 정신이고 싶다. 그렇게 몇 개월 정도 죽도록 아프다가 고통을 벗어나 해방의 강을 넘고 싶다.

어릴 적 동무

하늘이 가진 것이 별이라면 인간이 가진 것은 추억이라고 했던가. 가슴이 에이도록 애절하지는 않을지라도 빛바랜 수첩 속의 사진처럼 이따금씩 꺼내보고 미소 지을 수 있는 추억 하나쯤 간직하고 있는 사람은 행복하리라.

나에게도 행복한 추억이 하나 있다. 이십 년 만에 우연히 기적처럼 만났지만 서로 가야 할 길이 다르게 정해졌기에, 아쉬운 마음을 표현하지도 못하고 헤어져버린 그래서 더욱 아름다운, 어릴 적에 좋아했던 동무가 있다.

창 너머 세상의 온갖 것들이 궁금하던 초등학교 3학년 때였다. 그날도 나는 학교에 가려고 거울을 보았는데, 단발머리에 꾀죄죄한 옷을 입은 내 모습이 마음에 들지 않아 어머니께 투정 부렸었다. 그 때문에 기분이 우울했다. 쉬는 시간이 됐지만 밖에 나가 친구들과 놀기가 싫었다. 교실 창가에 우두커니 서서 창밖 화단에서 뾰족 얼굴을 들이밀고 있는 키 큰 칸나를 바라보고 있었다.

그때였다. "야! 연약한 여자를 울리면 마음이 아프지 않니?" 하는 남자애 목소리가 들렸다. 돌아보니, 피부가 희고 예쁜 옷을 입고 다녀서 나의 부러움을 샀던 여자애가 책상에 엎드려 울고 있었다. 여자애를 울린 어떤 남자애를 향하여 부반장인 그 애가 나서며 한 말이었다. 걸러지지 않은 말을 마구 해대던 시절이라 그 애가 하는 말이 몹시 신선하게 느껴졌다. 그리고 울던 여자애를 혹시 부반장이 좋아하는가 보다라고 생각했다. 그후 부반장인 그 애는 훌쩍 전학을 가버렸고, 나의 뇌리에서 그 애가 잊힌 채로 이십 년이 흘러갔다.

내 나이 서른 살이던 그해 봄날, 충북선 기차 안에서였다. 그날 나는 네 살 된 큰아이와 첫돌이 지난 작은아이를 데리고 시골집에 다녀오던 길이었다. 차창 밖의 기차선로 옆으로 아지랑이가 아롱아롱 피어오르고 있었다. 맑은 햇살이 부서지며 철길 위로 쏟아져 내려 별처럼 반짝거렸다.

그때, 작은아이가 젖을 달라고 칭얼댔다. 때와 장소를 가리지 않고 보채는 아기를 어찌하랴. 가슴을 열고 젖을 물렸는데 이번엔 큰아이가 간식을 달란다. 오징어를 쭉 찢어 큰애에게 주고 나도 다리 하나 질겅질겅 씹고 있었다.

그런데, 흔들리는 기차 통로 천장에 매달린 손잡이를 잡고 한 손에는 신문을 돌돌 말아 들고 서 있는 웬 남자가 머리 위에서 내려다보는 시선이 의식이 되었다. 우연히 그를 올려다본 순간 눈이 마주쳤고, 우린 거의 동시에 손가락을 내밀며 '너 혹시 ○○○?' 하고 외쳤다. 그렇다. 어릴 적 동무 부반장 그였다.

보이고 싶지 않은 치부를 들키자 내 얼굴이 화끈거렸다. 어려서 늘 꾀죄죄한 모습이었는데 화장기 없이 머리도 엉망인 이런 모습으로 만나게 된 것이 부끄러웠다.

'야! 나 어릴 때 너를 좋아했었거든? 햐! 넌 공부도 잘하고 얼굴도 예뻤는데 말이야….'

내가 무안할까 봐 그랬는지 그가 빠르게 말을 했다.

그의 말이 이어졌다. 입대를 앞두고 내가 보고 싶더란다. 하여, 어릴 적에 초등학교를 삼 년간 다녔던 고향 고모 집을 찾아갔단다. 내가 고향의 유치원에 근무한다는 이야기를 듣고, 조카를 데려다 준다는 핑계로 자전거에 태우고 가서 먼발치에서 꼬마들과 함께 있는 나를 보고 간 적이 있었다는 말도 했다.

나를 좋아했었다는 의외의 말에 가슴이 설레었다. '야! 연약한 여자를 울리면 마음이 아프지 않니?' 하고 말했던 것을 내가 기억한다고 말하면서 그날 울던 여자애를 좋아한 거 아니었느냐고 물었다. 드디어 기차가 멈추었다. 그는 아이 둘에 보따리까지 있는 나를 도와 큰애 손을 잡고 택시를 잡아 주었다. 택시를 타면서 연거푸 고맙다는 말을 했는데, 그와 나는 전화번호도 교환하지 못하고 차도 한 잔 같이 마시지 못하고 쭈뼛거리다가 헤어지고 말았다.

열 살 때 헤어진 그 애를 이십 년이 흘러 우연히 기차 안에서 만났지만 다시 헤어진 후, 또 다시 이십 년의 세월이 흘렀다. 몇 십 년이 흐른 뒤에 만나도 허물없이, 그의 모습은 '야! 연약한 여자를 울리면 마음이 아프지 않니?' 하고 의젓하게 말하던 열 살 소년으로 내 마음속에 남아있을 거다. 가슴을 드러내놓고 아기에게 모유를 수유하는 날 보고도 '어릴 적 모습 하나도 안 변했네?'라고 기차 안에서 내게 말한 걸 보면 혹시 그에게도 내가 열 살 소녀로 남아 있는가 보다.

지금은 중년의 모습으로 변해 있을 그는 지금 어디서 어떤 모습으로 나이 들어 가고 있을까? 세월 따라 우리의 겉모습은 변해 갈지라도 순수했던 어린 시절을 추억하는 감정은 변하지 않아서 어릴 적 동무는 참 좋은 것 같다. 그리워해도 괜찮고, 남편에게 이야기해도 괜찮고, 언젠가는 한 번쯤 만날 수도 있겠지 하고 기대해도 좋으니까.

자연의 덕으로

간밤에 빗소리가 들렸다. 거친 포르테 군무 리듬이었다. 무심천 상류의 개천 풀들이 일제히 엎드러져 쓸린 걸 보니, 밤사이 불어난 물줄기가 빠르게도 지났는가 보다. 시원하다. 계란프라이를 해도 될 것같이 달궈진 아스팔트에 물을 뿌려대더니만, 한차례 쏟는 빗줄기의 위력이 주는 시원함을 수백만 대 에어컨에 어찌 비교하랴. 쩍쩍 갈라지는 논바닥에 양수기로 물 대는 소리가 덜덜거리더니 가슴이 뻥 뚫린다.

한 방이면 되는 것을…. 맞짱 뜰 자 그 누구랴. 변명 한마디 못할 완전한 제압이다. 성난 해일 한 번에 토네이도 한차례에 사람들은 꼼짝 못한다. 부글부글 끓다 폭발한 땅덩이가 입을 쩍 벌려 도시 하나를 냉큼 삼키곤 입 싹 씻고 침묵해도 할 말이 없다. 언제 다시 폭발할지 사시나무 떨듯 살피며 연구하고 연구해봐야 또 당한다. 사람이 할 수 있는 일이 대단하다지만, 한 방 자연의 힘에 속절없이 무너진다.

제압하고 당하기 위해 존재하는 것처럼 세상은 요란하다. 산에선 칡덩굴이 소나무를 감고, 들에선 노루가 쫓기고, 공중에선 독수리가 참새 위로 가만히 원을 그린다. 물에선 새우가 쏘가리에게 당하고, 기어 다니는 두더지에게도 위용 부릴 개미가 있다. 그렇게 이유 없이 쫓겨 다니다가 더 빠른 자들에게 처참하게 당하는 걸 보면 약자들이 안쓰럽기 그지없지만, 고래와 새우 사이니 그저 받아들일 수밖에 없겠다.

인간세계도 별반 다르지 않다. 먹고 먹히는 치열한 경쟁사회 구조를 내 힘으론 어쩔 수 없어 포기하면서 살아가고 있다. 그런데, 받아들이기 싫을 만큼 만만히 볼 만한 상대가 있어 때론 고민스럽다. 그가 아주 가까이에서 신경을 툭툭 건드릴 때는 어떻게 해야 할까. 스티브 잡스처럼 나와 현격한 차가 나면 내 작은 그릇을 인정하면서 포기하겠는데, 나와 동급인데 노력해도 능가하지 못하여 기분이 나쁘다. 우린 조금 정도 앞선 누군가를 시샘하느라 행복을 종종 갈취당하는 경우가 많다.

'내가 횃불이면 그대는 해요, 내가 논에 겨우겨우 물을 갖다 대는 도랑물이라면 당신은 때맞추어 시원하게 죽죽 내려주는 비요….'

'요' 임금이 '허유'에게 천하를 주겠노라며 설득하는 말이다. 말술이라도 사고 싶어질 것 같은 설렘직한 찬사의 말에, 허유는

'천하란 그렇게 물건을 주고받는 것처럼 사사로이 주고받는 것이 아니다. 자연의 덕으로 하늘의 덕으로 해야 한다'면서 정중하게 거절하고 야인으로 산다.

횃불과 해, 도랑물과 비, 이처럼 비약적이진 않지만, 능력, 재능, 외모, 성품에서 나보다 잘난 가까운 사람으로 인해 행복이 흔들린다. 그가 가까운 사람이어서 더욱 인정하고 싶지 않아진다. 목표를 향하여 나는 겨우겨우 가는데 시원시원히 갈채까지 받으며 가는 그를 어떻게 인정하란 말인가. 노력을 하지만 그를 능가하지 못할 때 급기야 시기 질투로 이어지게 되고, 그런 내 자신이 치졸하여 불행을 느낀다.

타고난 영감은 1프로이고 노력이 99프로라는 교과서적인 말이 다 적용되는 건 아닌가 보다. 나는 노력해도 인정받지 못하는 것을 그는 가만히 있는 것 같은데 남들이 인정해 준다. 실력과 재능을 갖추어 쉽게 가는 것도 부럽건만, 인화까지 좋아서 인기를 끌며 사람들의 주목을 받는다. 인정하고 싶지 않지만 얄밉게도 잘났다. 성인의 말처럼 자연의 덕으로 해야 하리. 해는 떠오를 때마다 '이 빛으로 세상을 비춰야지' 하지 않고 자연히 떠오를 뿐인데 사람이 빛을 향해 몰리고, 비 역시 '세상을 충분히 적셔야지' 하지 않고 내리는 것뿐인데 사람들은 거기서 물을 얻는다.

성공도 인기도 노력만이 아닌, 자연의 덕으로 해야 쉬운 것을…. 노력하는 양이 비슷한데 나보다 잘되고 사람이 그에게로 모인다면 그는 자신에게 베푸는 자연의 덕임을 깨달아 알고 있을지도 모른다. 자연은 공평한 것이니, 눈을 돌려서 반드시 있을 내게 베푼 덕을 찾아 나도 그 덕으로 가야만 자유를 누리며 행복하리라.

삶은
음악처럼…

사랑도 홀딱 벗고, 번뇌도 홀딱 벗고, 미련도 홀딱 벗고….

갈비

추석이 다가온다. 정육점 안에 들어서니, 진열장 속의 고기들이 홍등에 반사되어 진한 핑크빛이다. "명절엔 돼지갈비가 꽃이지유?" 주인이 말하면서 대형 냉장고를 연다. 뽀얀 안개가 일시에 뿜어져 나온다. 갈고리에 꿰여 철봉 하는 갈비를 빨래 걷듯 벗겨 도마에 내려놓는 동시, 둔탁한 소리를 내며 육중한 문이 닫힌다. 노련하게 움직이며 고기를 다듬는 주인의 칼솜씨를 보자니 지난해 추석 전날의 일이 생각난다.

추석 전날, 갈비를 사다 커다란 스테인리스 그릇에 쏟았다. 팔 남매 장남인 남편 멍에만큼이나 무게가 묵직하다. 핏물을 빼려고 물을 붓고 양념장을 만들었다. 간장처럼 짭짜름한 둘째, 강판 위에 부서지는 배처럼 동생들 업어 키우느라 희생한 큰시누이, 참기름처럼 맛깔스런 분위기 메이커 넷째 시누이, 대추처럼 다소곳한 다섯째 시누이, 마늘처럼 눈이 아린 여섯째 시누

189

이, 설탕처럼 달콤한 막내시동생과 막내시누이…. 같은 부모가 낳았지만 갈비 양념만큼이나 성품도 다양하고 개성도 아롱다롱하다. 소스를 섞어 통에 담아 꾹꾹 눌렀다.

저녁나절에 시골집으로 들어섰다. 하늘이 컴컴해지더니 오후로 접어들자 억수로 비가 쏟아진다. 시골 동네에 뜨는 추석 달은 공기가 청정해서 유난히 크고 맑거늘, 올해 달구경은 포기다. 상차림 점검이나 하고 일찍 쉬어야지? 송편은 일찌감치 빚어 쪄놓았고…, 아뿔싸! 갈비 재운 것을 청주에 두고 왔다. 워낙 양이 많아 김치냉장고에 격리 보관한 것이 탈이다. 장을 보아 일반 냉장고에 넣었던 식재료들을 챙길 때, 눈에 안 보이니 빠졌다. 씨름선수를 방불케 하는 조카들의 실망하는 표정이라니…. 시간은 밤 열시다. 왕복 다섯 시간이면 충분하니 다녀오자. 가족들 몰래 빠져나와 빗속을 뚫고 청주로 향했다.

그날처럼 폭우가 쏟아진 추석 전야는 결혼한 뒤 처음이었지 싶다. 차창을 때리는 빗줄기가 대단도 했다. 윈도우 브러쉬가 헉헉거리며 쉬지 않고 닦아댔지만 앞이 안 보일 정도였다. 인적이 드문 시골길 밤 풍경은 머리를 쭈뼛쭈뼛 서게 했다. 비에 젖은 나무들이 흐느적거리며 비바람에 흔들려 춤추는 귀신처럼 보였다. 차 한 대가 어디선가 나타나 한참 동안 앞서가다 사라졌다. 앞선 차의 차폭등마저 붉은 눈을 켜고 가는 동물처럼 보여 차라리 사라진 것이 나았다.

　새벽 두 시를 넘겨서야 겨우 동네 입구에 들어섰다. 동구 밖
에서 우산을 쓰고 장승처럼 서 있는 누군가가 보여 또다시 소름
이 돋았다. 가까이 다가가니 마중 나온 남편이다. 이젠 됐다. 무
섭지 않다. 그런데, 차를 멈추자마자 그깟 갈비를 가지러 이 밤
중에 빗속을 뚫고 갔다 오느냐고 버럭 소리를 지르는 게 아닌
가. 갈비뼈가 부서지게 안아주리라 기대는 안 했지만 그깟 갈비
라니….

　며느리들에게 갈비는 어떤 의미일까. 명절 때 갈비를 맛있게
뜯는 가족들을 바라보는 흐뭇함을 무엇에 비할까. 대부분 며느
리들은 너덧 시간 밤중에 빗속을 달리는 것 정도는 기꺼이 감당
한다. 남편과 아이들 뒷바라지, 시부모께 효도하며 동기간 화합
을 위해 기꺼이 희생한다.

　아내들은 선홍색 살코기 사이사이로 뼈가 보일락거리듯 자신
은 살에 묻히고 남편을 내세운다. 뼈는 살이 보듬고, 살은 뼈가
받쳐 주어야 한다. 뼈 없는 살코기가 별 볼 일 없고, 살로 보듬
지 않으면 뼈 역시 존재 가치가 없다. 긴장이 풀리자 온몸이 노
곤하다. 잠 속으로 빠져드는데 슬며시 손을 잡는다. 올 설날에
도 우리 가족들은 세상에서 가장 맛있는 갈비를 먹게 될 것이다.

191

정절

결혼 청첩장을 받고 축하해 주러 예식장에 갔을 때, 신랑이나 신부가 이미 알고 있던 사람이 아닌 엉뚱한 사람과 행진하는 것으로 인하여 당황한 적이 이따금 있을 거다. 엉뚱한 사람이라 함은 수년간 혼주의 며느릿감, 혹은 사윗감으로 낯이 익도록 알고 있었던 걸 의미한다. 언제부터인가 사회적 풍습이 이 정도 일은 놀라지지도 않는 일이 되어버렸다. 예식장에 손잡고 들어가 봐야 안다는 신종어가 생길 정도로 세태가 변하고 있다. 십년 전까지만 해도 중국인들이 살아 보고 결혼식을 올린다는 말을 듣고 근본 없는 민족의 짓거리들이라고 혀를 찼던 기억이 무색해진다.

조선시대 유학이 국가의 통치이념이 되면서 성종 때에 '과부재가금지법'을 도입하여 실제로 입법·시행했던 적이 있다. 성리학을 국풍으로 숭상하고 이를 강력히 실천하려는 추세에 따라 여성이 남편에 대한 정절을 지키는 것을 여성 최고의 부덕으로 여기고, 정절을 목숨보다도 소중히 지켜야 하는 것으로 생각하는 사회의 지배적인 믿음이 이런 정조관념을 만들었다. 여성에게 굴레를 씌우는 악법이지만, 우리 민족의 정서적 측면에서 보면 시대적 격세지감隔世之感을 느끼지 않을 수 없다.

재가를 금하던 당시, 유몽인의 어우야담에 나오는 소설 한 도막 소개한다. 한 유생이 과거보러 상경하다 벗과 어울렸다. 밤 늦게 주막으로 돌아오는데 장정 넷이 나타나 유생을 밟아 넘어뜨려 자루에 보쌈하여 짊어지고 내달리는 거다. 한 곳에 이르러 자루를 풀었다. 둘러보니 담장이 높고 행랑이 둘러 있는 고택이었다. 그들은 유생의 옷을 벗기고 새 옷으로 갈아입혀 금요침식이 화려한 방에 밀어 넣는 게다. 문이 열리더니 용모 곱고 연소한 미녀가 시비의 부축을 받으며 들어와 절을 하면서 동침하자 원했다. 정을 다하여 온밤을 동숙하다 보니 북소리가 둥둥 울리더란다.

실학자 이수광이 지은 지봉유설芝峰類說에는 이런 이야기도 있다. 선조25년 임진왜란 때의 일이다. 조신한 대갓집 마님이 계집종을 데리고 피난길에 나섰다. 강가에 이르러 배를 타게 되었는데 아녀자 혼자 힘으론 오를 수가 없었다. 그때 건장한 뱃사람이 부인의 손을 잡아 태웠다. 그러자 부인이 통곡하면서 "내

193

손이 네 손에 더럽혀졌으니 어찌 살아 있겠느냐?" 하며 강물에 몸을 던져 죽었다는 이야기다. 어우야담의 유생 보쌈 이야기는 재가를 금하자 경제적으로 풍요한 여인이 돈을 주고 남성을 보쌈해다 성욕을 해결하는 부작용을 풍자한 내용이고, 지봉유설의 내용은 당시 여성의 정조 개념이 얼마나 어이없는 결과를 낳는지를 보여주는 대목이다.

인간의 성행위나 행복해야 할 권리는 남녀 모두에게 지극히 당연한 사적인 일이다. 그럼에도 사회풍속을 빌미로 공적인 영역에서 법을 통해 여성만 규제하는 것은 부당한 일이다. 간통죄 위헌 논란도 그것을 최소화하기 위한 노력이 진행 중이다. 남녀 모두에게 요구돼야 마땅한 '정절貞節'이라는 개념이 왜 여성에게만 일방적으로 강요되었는지, 그리 머지않은 과거 조선시대의 성 담론을 집대성함으로써, 현대 남성들의 성 관념에 영향을 미쳐야 할 이유가 있다고 본다. 그러나 지나치게 확장되는 이 시대 젊은이들의 성 개방을 넘어선 성 방종 의식은 과연 어떻게 생각해야 할까.

홀, 딱, 벗, 고―

스마트폰으로 동영상이 배달되어 왔다. '홀, 딱, 벗, 고―' '홀, 딱, 벗, 고―' 하고 우는 검은등뻐꾸기 소리니 들어보라고 했다. 그런데, 산에 가면 자주 듣는 귀에 익숙한 동영상 속의 새소리가 나의 귀엔 '카, 카, 카, 코―' '카, 카, 카, 코―' 하고 들리는 거다. '홀, 딱, 벗, 고' 라고 했잖아? 하고서 나의 달팽이관 채널을 '홀, 딱, 벗, 고―'에 고정한 뒤 리듬을 넣어 반복해서 듣고 들었지만 역시 내 귀엔 '홀, 딱, 벗, 고―'가 아닌 '카, 카, 카, 코―'로 들리는 거다.

새소리를 듣노라니, 아득한 시간 저편의 기억들이 일어선다. 어릴 적에 어머니는 산밭에서 뽕잎을 따시고 나는 입술이 파래지도록 오디를 따 먹곤 했다. 그때 앞산 뒷산에서 '비오비오―' '카, 카, 카, 코―' '비오비오―' '카, 카, 카, 코―' 하는 새소리들이 쉬지 않고 들렸었다. 그중 '카, 카, 카, 코―' 하던 새의 이름이 '검은등뻐꾸기'라는 걸 이번에야 알았다. 그만 집에 가자고 보

195

채자 어머니는 뽕잎 담은 바구니를 머리에 이면서 '카, 카, 카, 코-.' '집, 에, 간, 다-'

'카, 카, 카, 코-.' '집, 에, 간, 다-' 이렇게 새와 주고받으셨다.

나는 새소리를 흉내 내며 걸었는데 발걸음 장단이 절로 맞춰졌었다. 새는 어머니와 나를 배웅하듯이 동네 어귀에 들어설 때까지 목이 쉬도록 '카, 카, 카, 코-.' 하고 울었다. 검은등뻐꾸기 소리가 '홀, 딱 벗, 고' 하고 운다고 전언한 것이 흥미로워서 인터넷을 검색하니 다음 같은 재미있는 스토리를 달고 있다.

'한 스님이 여인에게 마음을 빼앗기고 말았다. 스님은 번뇌를 떨쳐버리기 위해 쉼 없이 스스로를 다그쳤다. 사랑도 홀딱 벗고, 번뇌도 홀딱 벗고, 미련도 홀딱 벗고…. 열심히 이 말을 되뇌며 자신을 다잡았지만 일어난 정념은 좀처럼 가라앉지 않았고, 스님은 끝내 상사병으로 세상을 뜨고 말았다. 스님의 모습을 매일 옆에서 지켜본 검은등뻐꾸기가 그 소리를 따라하다가 '홀, 딱, 벗, 고' 하고 울었다. 지금 들리는 저 소리는 스님이 검은등뻐꾸기로 환생하여 도를 닦는 후배스님들에게 나처럼 되지 말고 더욱 도에 정진하라고 목이 쉬도록 밤낮 울어대는 거다.'

제법 그럴 듯한 이야기 아닌가?

숲속으로 들어가 전원생활을 하는 지인으로부터 산에 뻐꾸기
가 울고 있다는 소식이 왔다. 검은등뻐꾸기 소리를 라이브로 듣
고 싶어졌다. 숲이 연두에서 초록으로 짙어가며 여름이 온다고
알리는, 자연의 알람을 들으며 산길을 걸었다. 이따금 바람이
나뭇잎을 스친다. 하늘에 먹구름이 나지막이 끼었으나 비는 내
리지 않았다. 숲길을 이리저리 걸으면서 스님처럼 '홀, 딱, 벗,
고—' 로 들어보려 귀를 기울였다. 웬일일까. 여전히 내게는 '카,
카, 카, 코—'로 들린다.

숲길을 걸으며 생각한다. 새는 우는 걸까, 노래하는 걸까, 지
저귀는 걸까…. 아님, 애타게 짝을 부르는 소리일까. 어쩌면 이
도저도 아니고 숲에 누군가 들어와 있으니 조심하라는 경계주
의보를 다른 새들에게 보내는 의미심장한 의사소통일 수 있다.
그런데 사람들은 새의 입장이 아닌 자신들의 감정이나 정서대
로 듣고 표현하다 보니 재밌고 엉뚱한 소리로 변형되어 흥미롭
다. 메르스에 온통 혼이 빠져 떠는 작금의 사람들 정서대로라면
'킥, 킥, 킥, 크—' '겁, 쟁, 이, 들—' '킥, 킥, 킥, 크—' '겁, 쟁, 이,
들—' 이렇게 들릴지도 모를 일이다.

집으로 돌아와 검은등뻐꾸기 소리를 생각하며 피아노 앞에 앉
았다. 일정하게 쉬지 않고 토해내는 고운 휘파람소리 같은 4음
절 새소리의 리듬을 그려보았다. ♪♪♪♪⌣♪ – ♪♪♪♪⌣♪

이렇게 그릴 수 있겠다. 이번엔 리듬에 멜로디를 얹어 건반을 눌러보았다. C코드엔 '라, 솔, 솔, 미◡미-', 시가 반음이 되는 F 코드엔 '도, 시, 시, 솔◡솔-', G코드엔 '미, 레, 레, 시◡시-'가 확실하다.

코드를 바꿔 가며 눈을 감고 반복해 건반을 눌렀다. 아, 열린다. 다양한 소리로 들린다. 배고픈 사람에겐 '풀, 빵, 사, 줘-', 연인들에게는 '사, 랑, 해, 요-', 잔소리 듣기 싫은 이에겐 '그, 만, 해, 요-'…. '카, 카, 카, 코-'만 고집하던 달팽이관의 고정관념을 포기하고 보니 무한한 소리로 들린다. 독특한 검은등뻐꾸기 소리는 다양한 소리로 들려지는 자연의 소리다. 상대방 입장이 되어 마음을 열면 그 사람이 듣는 소리로 들려지는 것을, 어릴 적에 내 안에 굳어진 그 소리만 고집했었다.

어떤 조사

하나님께서는 우리가 사랑하고 존경했던 ○○○권사님을 하늘나라로 부르셨습니다. 밝고 인자한 모습으로 신앙의 모범을 보이셨던 권사님께선, 그토록 소망하시던 하늘나라에서 아브라함 품에 안기셨습니다.

우리 모두는 친정어머니처럼 따뜻한 미소로 반겨주시던 권사님을 다시는 뵐 수 없다는 슬픔에 젖어있습니다. 오늘 우리는 생전에 권사님께서 그토록 사랑하여 매일매일 드나드시던 성전에 시신을 모시고 발인 예배를 드립니다.

권사님은 참 그리스도인의 흔적을 지니신 분이셨습니다. 젊은 날 영접했던 하나님께 대한 믿음을, 한 번도 변치 않으셨습니다. 나그네 인생길에서 때로는 견디기 힘든 큰 슬픔을 당하시기도 했지만, 신앙의 연단으로 승화시키며, 구십 평생 넘는 세월을 승리하시며 달려갈 길을 다 마치셨습니다.

나이 많은 사람이 해야 할 일은 기도하는 일과, 예배 자리 지키는 것이 마땅히 해야 할 본분이라고 자주 말씀하셨습니다. 육신은 늙어 가지만, 예수님을 앙모하는 신앙의 용기만은 독수리처럼 비상하는 젊은이 못지않았습니다.

우리는, 교회가 세워지던 초창기부터 쉬지 않고 흘리신 권사님의 땀과, 힘에 지나치게 헌신하신 희생과 수고를 기억합니다. 소금이 자기 몸을 녹여 제맛을 내듯이 권사님이 계신 주변은 늘 잔칫집 같았습니다. 눈물로 뿌린 기도의 씨앗, 주옥같은 사랑의 열매가 얼마나 많은지요. 단아하신 모습, 눈가의 잔주름마저도 사랑스러우셨던 분, 권사님과 함께했던 추억들이 아립니다.

야유회에 가셨을 적엔 "예수님이 좋은 걸 어떡합니까!" 하시며 어깨춤을 덩실덩실 추시더니, 그렇게 좋아하시던 예수님을 만나 생명의 면류관 받으려 가셨네요. 권사님은 여자 성도들이 닮고 싶은 분으로 제일 먼저 꼽히던, 믿음의 어머니요, 표상이셨습니다. 진심어린 말로 약한 자를 위로하시곤 했습니다.

수년 전 제가 수술을 받고 치료를 받을 때였습니다. '차라리 늙은 내가 아파야지, 마음이 녹는다'고 하시며 제 손을 잡고 눈물을 흘리셨지요. 저는 그날 연세 많으신 권사님 문병에 송구하여서 속히 일어나고 싶었습니다. 참기 힘들게 아파도 이를 악물고 병실 복도를 한 발 한 발 걸으며 운동했던 기억이 있습니다.

권사님은 유난히 꽃을 좋아하셨지요. 영운동 주택의 작은 정원에는 사계절 가지가지 꽃들이 만발했지요. 꽃처럼 향기 나는 삶을 사셨던 권사님, 당신이 떠나신 빈자리를 무엇으로 채울까요. 우리에게는 천국의 소망과 부활의 신앙이 있기에, 슬픔 중에서도 위로를 받습니다. 당신의 고결했던 삶을 본받아 사랑의 삶을 실천하겠습니다. 당신에게서 났던 향이 우리 삶에서도 풍겨 나와 교회와 이웃을 적시고 그리스도께로 올라가는 향이 되게 하겠습니다.

자녀분들을 향한 아직 못다 이룬 기도는 저희들에게 맡겨 주십시오. 우리가 위하여 날마다 기도하겠습니다. 미움도 없고, 슬픔 고통도 없는 유리같이 맑은 그 나라에서 먼저 가신 남편 권사님 만나, 평생 즐겨 부르시던 찬송을 하시겠네요. 이제, 권사님을 보내드립니다. 주님 품에 안겨 편안히 안식하옵소서.

이상은 같은 교회에서 신앙생활 했던 한 권사님의 장례식을 치르면서 발인 예배 때 낭독했던 조사 내용이다. 그분은 생전에 나에게 조사를 써서 낭독해 달라고 부탁하셨다. 조사는 고인의 생전 활동과 업적, 고인의 이념을 칭송하여 본받고자 하는 내용으로 써야 한다. 조사를 쓰려고 하니, 사회적으로나 국가적인 업적은 없어도, 그분이 남기신 아름다운 삶의 족적들이 참 많고 많았다.

쓰고 싶은 내용들이 많아 줄이고 줄여야 했으니, 잘 살고 가셨다는 걸 새삼 느낄 수 있었다. 내게 주어진 단 한 번의 삶을 어떻게 살다가 가느냐는 본인이 선택한다. 하지만 잘 살고 갔는지 잘못 살고 갔는지는 세상을 떠났을 때 남들에 의하여 평가가 되어진다. 나의 장례 예배에는 어떤 내용들이 낭독될까. 남은 자들이 나를 어떤 모습으로 기억할까. 숙연한 마음으로 자신을 돌아보았다.

새벽달 단상

누구를 사모하며 밤을 지새웠기에 저토록 창백한가. 투명하고 고아하게 떠있는 새벽달에게 무슨 이름을 붙여줄까. 한쪽으로 베어 먹은 듯 약간 정도 기울어진 것이 여백의 아름다움까지 느끼게 하는, 저 새벽달을 어찌할꼬. 기다리고 기다리다 만난 님 부끄러워 모두 깊이 잠든 새벽에 일어나 분단장 하였으니 오늘은 수줍음이라 붙여주마.

새벽달을 볼 수 있음에, 새날 주심에, 감사하면서 달과 함께 걷는다. 발자국을 옮겨 놓을 때마다 새벽달이 촐촐거리며 따라온다.

새벽달과 함께 일어나서 길목에 나와 있는 이들이 보인다. 가족의 삶을 짊어지고 날품을 팔러 어디론가 데려갈 봉고차를 기다리는 일용직 가장들이다. 휑한 눈동자로 무표정하니 앉아 한숨처럼 내뿜는 담배 연기가 몽글몽글 하늘로 올라간다. 싸한 연민이 달과 함께 걷던 새벽 낭만을 가져버린다. 새벽달, 삶이 고

달픈 사람들에게 너그러운 달이기를⋯. 부디, 새벽달을 바라보며 고단한 현실을 잘 견디어 내야 할 이유들을 하나하나 찾아내기를⋯. 지친 소망 일으켜 세워 하루를 시작하기를⋯.

뒤에서 인사하는 소리가 들려 돌아보니 우리 아파트 경비실로 출근하는 분이다.

"새벽달이 예쁘지요?"

내가 말을 건넸다.

"회사에 다닐 때는 몰랐는데 퇴직 후 경비실로 새벽 출근을 하니 글쎄, 새벽달이 눈에 들어오더라고요." 하고 말한다.

"새벽달을 보며 일터로 가면 마음이 정갈해지는 것 같지요. 내가 애비가 되고 보니 새벽에 일어나 정화수 떠놓고 달을 향하여 빌던 어머니 심정도 알 것 같고요." 덧붙이는 그의 말이 시처럼 들린다.

새벽달 보고 출근하여 저녁별 보며 퇴근하는 가장을 둔 이웃과 교제하면서 산 적 있다. 같은 아파트에서 마주 보고 살지만 그 댁 남편 얼굴은 대면할 기회가 드물었다. 어느 날 앞집으로 건너가 여자들끼리 차를 마시는데, 그녀의 남편이 보낸 편지가 도착했다. 대형 트럭을 몰고 전국을 돌면서 일하다가 차를 세우고 대기하게 되면 아내에게 편지를 쓴다고 했다.

그녀가 편지를 읽기 시작했다. 새벽에 출근하는지라 가족들과 함께하는 시간은 부족하지만, 평생 동행하는 아내가 있고, 아이들이 있어 행복하다는 구절에서 그녀는 목이 메는지 잠시 읽기를 멈추었다. 젊은 날 만나 정을 나누던 앞집 가족이, 새벽달과 동행하며 살아온 가장의 노력으로 넓은 평수로 이사 가던 날, 나는 서운한 마음을 넘어서 맘껏 축복했다.

새벽달! 가슴 아픈 이별을 하는 사람들에게도, 순간의 실수로 영어의 몸이 되어 철장 안에서 고독하게 올려다보는 사람에게도, 친구가 되어주는 새벽달은 자비로운 달이다. 새벽달은 사랑이다. 사람들은 사랑으로 인하여 울고 웃는다. 사랑은 같은 방향을 보고 함께 걷는 것, 한세상 걷는 여정에서 새벽달처럼 변치 않는 사랑을 하면서 함께 걷는 사람이 있다면 축복이다.

형체도 무게도 없는 사랑을 빈 가슴이 채워질 때까지 하고 싶다고 노래한 가요의 노랫말처럼, 마음에 맞는 이와 서로 기대어 빈 가슴을 채우며 가는 일보다 복된 일이 어디 있으랴. 역사 이래 남녀상열지사男女相悅之詞를 표현한 수많은 노래들이 있는 걸 보면 시공을 초월하여 인간사의 화두는 사랑이었나 보다. 사람은 변하고 사랑도 우정도 구름처럼 흘러가지만 새벽달은 변함이 없다. 구름에 가려도, 제 살을 조금씩 내주는 것처럼 보여도, 자연의 순환에 순응하는 것일 뿐 머잖아 본래 모습으로 되돌아오는 새벽달은 영원이다.

사람들의 정원

　이른 새벽에 천천히 걸으며 사람들의 정원을 들여다보는 일이 흥미롭다. 차를 몰고 지나칠 때는 보이지 않던 풍경들을 세세하게 보는 기쁨은 쏠쏠하기까지 하다. 도심의 주택들은 언덕을 오르락내리락하면서 자리하고 있다. 오밀조밀한 주택들마다 여분의 터들이 있는데, 요즘은 담장들이 나지막하거나 철망담장들이 많아 주인의 취향 따라 꾸민 정원을 밖에서 볼 수 있다. 공간이 좁고 넓고 다양하듯 공터를 이용하는 풍경 또한 다양하다.

　화단으로 꾸민 집들이 있는가 하면 텃밭으로 꾸며 푸성귀나 열매를 거두는 집들이 있다. 노란 금낭화, 분홍색 부겐빌레아, 이름을 알 수 없는 파란 꽃이 섞여 핀 화단을 꾸민 집 앞에 섰다. 노란 윗도리에 분홍치마, 파란 스타킹을 신은 여성을 연상해 보았다. 좀체 어울리기 버거운 색의 조합임에도 기분이 상쾌한 것은 왜일까. 꽃만이 만들어낼 수 있는, 생명력이 창출한 어울림이어서일 게다. 개성 있고 생기발랄하고 친근한 사람이 주인일 것 같다.

밖에선 실내가 안 보이지만 안에선 보이도록 거실 창이 갈색 전면유리로 된 집 앞에 섰다. 마당 정원에는 갈색 판자를 뾰족하게 깎아 화단 가장자리를 빙 둘렀다. 보라색 창포꽃, 잔잔하게 생긴 연노랑 꽃들이 화단을 가득 메우고 있다. 연노랑 꽃에서 나는 허브향이 낮은 담장을 넘어 솔솔 풍겨나 지나는 이의 발길을 잡는다. 화단 꽃을 파스텔 톤으로 꾸민 이 집 주인은 모던한 분위기의 여인일 것 같다. 미지의 여주인은 비라도 내리는 날이면 잔잔한 음악을 들으며 커피 잔을 들고 화단을 내다보겠지.

포기마다 지렛대를 세운 정성에 보답이라도 하듯이 고추와 토마토, 가지, 오이, 단호박들이 주렁주렁 소담스럽게 달린 집이 있다. 지렛대에 대롱대롱 매달린 보기 드문 토종수세미를 가까이 들여다보았다. 그 옆으로 결이 단단해 보이고 윤기가 졸졸 흐르는 적상추들, 꽃송이보다 어여쁘다. 적상추 몇 잎 따다 김이 솔솔 나는 흰밥에 쌈 싸 먹고 싶다. "상추 대궁은 연신 올라오는 건디 왜 못 따 간대유!" 오래전에 돌아가신 내 어머니 음성…. 어머니가 가꾼 텃밭이라 어려워서 상추를 못 따 가는 옆집 아주머니에게, 상추를 바구니에 가득 따 건네시며 어머닌 소리 지르셨지. 이 집 주인은 바지런한 결실을 똑똑 따서 이웃과 나누며 미소 짓는 내 어머니를 닮았을 것 같다.

나무 그늘이 터널을 이룬, 현대식 가옥 지붕이 나무에 가려 반쯤 보이는 입구에 섰다. 작은 수목원처럼 잘 가꾼 집 안 풍경이 궁금하다. 사열이 하도 예뻐 설피살피 안을 기웃거리다가 몇 발자국 더 깊숙이 들어갔더니, 먹음직스럽게 익은 살구나무가 진노랑 전등을 일제히 켰다. 햇살이 익힐 대로 익힌 완숙한 살구들이 무게를 견디지 못하고 떨어지기도 했다. 땅에 널브러진 살구들은 고향집 풍경의 일부분을 옮겨다 놓은 듯하다. 해마다 이때쯤이면 뒤란의 살구나무 아래가 궁금하여 아침에 일어나자마자 집안 아이들은 눈 비비며 뒤꼍으로 돌아가곤 했었지….

주인으로 보이는 중년의 남성이 인기척을 하면서 검은 봉지를 들고 걸어 나왔다. 떨어진 살구를 주우려는가 보다. "지나가다 잠깐 구경하려고요." 인사를 건넨 뒤 정원의 꽃들을 돌아보고 나오는데 금방 주운 살구를 봉지째로 건네준다. 세상에! 탱글탱글 누렇게 익은 살구가 봉지 안에 가득하다. 초면인 사람에게 감동을 선물하다니…. 새콤하고 달금한 인심 한 알 입에 넣으니, 입안 가득히 흐뭇함이 번진다.

내 안의 정원에는 얼마큼의 여분이 있나. 내 자리가 지나치게 커서 여분의 터가 좁은 건 아닐까? 마음의 정원은 가꾸는 성품에 따라 다른 분위기, 다른 열매로 나타난다. 고향 인심처럼 푸근하게 나타나는 이도 있고 도시의 멋스러움이 세련되게 풍겨 나는 이도 있다. 누구는 지식이나 재능을 결실하여 나누는 이도 있고, 열심히 벌어들인 살점 같은 재물을 가난한 이와 나누기도 한다.

따뜻하고 넉넉한 의자처럼 이웃들에게 곁을 내주는 이도 있다. 향기만으로도 족한 열매이니 나눌 열매가 없다고 하지는 못할 거다. 담장 너머로 풍기는 향이 좋아 지나는 사람들 발길을 멈추게 한다면 그것 참 좋은 일이 아닌가?

마음의 담장 높이를 낮추고 정원에 여분의 터를 만드는 거다. 여분의 땅이 생기면 무엇을 심을까. 작다고 불평하며 밀쳐 두었던 감사 씨앗을 꺼내 먼지 털어 심어 볼까? 정성껏 북돋우고 물을 준다면 만사가 감사로 점철되는 열매가 맺히겠지. 그렇게 뿌리가 내려 터가 굳으면 감사하는 삶이 습관처럼 피어나겠지. 내 마음의 정원에서 많은 사람들이 쉬어가면 참 행복할 거야.

음악처럼

임미옥 첫 수필집

초판인쇄 : 2015. 12. 07
초판발행 : 2015. 12. 15

지은이 : 임미옥
펴낸이 : 노용제
펴낸곳 : 정은출판
주　소 : 서울특별시 중구 창경궁로 1길 29 (3F)
전　화 : 02-2272-9280
팩　스 : 02-2277-1350
이메일 : rossjw@hanmail.net
ISBN 978-89-5824-292-5 (03810)

값 12,000원

* 이 책의 제작비는 국가문화예술지원 충북문화재단 기금을 지원 받았습니다.